Paul-Jacques Bonzon

Les Six compagnons et le piano à queue

Illustrations de Robert Bressy

HACHETTE
Jeunesse

Série *Les Six compagnons* dans la Bibliothèque Verte

Les Six compagnons et les Agneaux de l'Apocalypse
Les Six compagnons et la fiancée de Kafi
Les Six compagnons au Tour de France
Les Six compagnons de la Croix-Rousse
Les Six compagnons au Tournoi de la Chanson
Les Six compagnons au village englouti
Les Six compagnons et le cigare volant
Les Six compagnons hors la loi
Les Six compagnons et la bouteille à la mer
Les Six compagnons au concours hippique
Les Six compagnons et la pile atomique
Les Six compagnons à Scotland Yard
Les Six compagnons à l'affût
Les Six compagnons et les piroguiers
Les Six compagnons et le petit rat de l'Opéra
Les Six compagnons et l'homme des neiges
Les Six compagnons et l'avion clandestin
Les Six compagnons et le château maudit
Les Six compagnons à l'étang de Berre
Les Six compagnons et le carré magique
Les Six compagnons et les bébés phoques
Les Six compagnons et l'énigme de la télémagie
Les Six compagnons et le piano à queue
Les Six compagnons et la perruque rouge
Les Six compagnons au gouffre Marzal
Les Six compagnons et l'homme au gant
Les Six compagnons et les voix de la nuit
Les Six compagnons en croisière
Les Six compagnons se jettent à l'eau
Les Six compagnons et les espions du ciel
Les Six compagnons et l'émetteur pirate
Les Six compagnons et les agents secrets
Les Six compagnons et les pirates du rail
Les Six compagnons et le secret de la calanque
Les Six compagnons et la disparue de Montélimar
Les Six compagnons dans la ville rose
Les Six compagnons et le chasseur de scoops
Les Six compagnons et l'âne vert
Les Six compagnons et la clef minute
Les Six compagnons dans la citadelle
Les Six compagnons à la tour Eiffel

Hachette, 79, boulevard Saint-Germain, 75006 Paris

Chapitre 1

Par un matin d'hiver

Ce jour-là, un jeudi de décembre, je décidai d'aller voir notre camarade Mady. Je lui apporterais deux timbres du Cameroun.

Mady était une collectionneuse acharnée. Cette passion lui était venue pendant une maladie qui l'avait clouée sur une chaise longue durant des mois. Depuis, mes camarades et moi, les Compagnons de la Croix-Rousse comme on nous appelait, ne savions que faire pour lui en procurer. Bien entendu, il n'était pas question d'en acheter chez les marchands ; nous n'étions pas assez riches. Le petit Gnafron en quémandait auprès d'un cordonnier dont l'échoppe s'ouvrait juste au-dessous de chez lui. Corget en obtenait par sa mère, balayeuse dans un atelier de tissage. Bistèque par son père, commis dans une boucherie des Terreaux, la Guille par le mari de sa grande sœur, qui avait un cousin en

Argentine, le Tondu par un camarade de palier qui lui faisait parfois cadeau de ses « doubles ».

Pour moi, c'était difficile. Je n'étais pas Lyonnais depuis longtemps. Avant de venir à la Croix-Rousse, nous habitions un petit village de Provence. Je ne connaissais pas grand monde. Cependant, une voisine me donnait régulièrement ceux des lettres de son fils, instituteur au Cameroun.

La veille, cette brave femme m'avait remis deux timbres magnifiques, tout récents, que Mady ne possédait certainement pas. Je savais lui faire plaisir en les lui apportant.

Je sortis donc avec mon bon chien Kafi. Le temps était humide et doux, presque trop doux pour la saison. Il ne pleuvait pas, cependant les trottoirs étaient aussi luisants qu'après une averse. Mady habitait dans la rue des Hautes-Buttes une grande et vieille maison cubique semblable à la mienne. Je la trouvai justement devant la table de la cuisine, en train de classer ses timbres. Ceux que je lui apportais la ravirent. Elle me montra son nouvel album, confectionné avec des feuilles arrachées à de vieux cahiers. Puis elle s'intéressa à Kafi qui se dressait pour regarder ces petits rectangles colorés.

Mady aimait beaucoup Kafi. Il lui était même arrivé, plusieurs fois, de le garder.

« Mon brave chien, fit-elle en lui prenant la tête entre ses mains, tu dois trouver l'hiver bien triste, à Lyon ? »

Kafi la regarda, les yeux brillant de plaisir, puis tourna la tête vers la fenêtre. Mady éclata de rire.

« Ah ! je comprends, tu voudrais aller en promenade. Pourquoi pas, puisqu'il ne fait pas froid ce matin ? Qu'en penses-tu, Tidou ? »

J'approuvai. J'aimais beaucoup sortir avec Mady. Depuis qu'elle avait passé tout un été de convalescence dans mon ancien village, en Provence, quelque chose nous rapprochait. Ensemble, nous parlions de ce pays qu'elle aimait, à présent, presque autant que moi.

Au lieu du petit manteau bleu à col de fourrure, que je lui connaissais, elle prit seulement son imperméable et dit en riant :

« Comme tous les garçons, tu ne prends pas grand plaisir à lécher les vitrines ; veux-tu que nous descendions sur les quais ? Choisis : le Rhône ou la Saône ? »

Je préférais le Rhône, parce que, en quittant Lyon, le grand fleuve descend vers « ma » plaine ensoleillée. Mais Mady, je le savais, était attirée par les eaux tranquilles de la Saône où glissent, sans bruit, les nonchalantes péniches. Pour lui faire plaisir, je répondis :

« La Saône ! »

Nous descendîmes de la Croix-Rousse (ce vieux quartier de Lyon, perché sur la colline qui sépare les deux rivières) jusqu'à la fameuse place des Terreaux où Kafi croyait toujours pouvoir attraper les pigeons au vol. La Saône était toute proche. La belle rivière coulait si lente, si paresseuse, qu'on aurait dit ses eaux immobiles. Nous suivîmes un moment les quais, puis Mady proposa :

« Il fait si doux, asseyons-nous sur un banc ! »

Alors, elle se mit à parler de cette ville où elle était née, qu'elle détestait parfois à cause de son brouillard et de ses jours gris, mais qu'elle n'aurait changée pour aucune autre.

« Tu vois, Tidou, ces quais sont l'endroit de Lyon que je préfère. La Saône y ressemble à ces canaux des pays du Nord, brumeux comme Lyon.

— Est-ce pour cela que tu n'aimes pas le Rhône ?

— Oh! Tidou, moi aussi j'aime le Rhône... mais pas à Lyon! Il est tellement plus beau, là-bas, en Provence, sous "ton" grand ciel bleu et "ton" mistral. »

Tandis que nous bavardions, Kafi avait sauté sur le parapet du quai et il aboyait furieusement après un minuscule chien blanc perché sur la cabine d'une péniche. Je le sifflai et nous quittâmes le banc, car l'humidité nous gagnait déjà.

« Veux-tu, Mady, que nous traversions la Saône pour revenir ensuite par l'autre rive ? »

Le pont Saint-Vincent (en réalité, une passerelle) était proche. Au moment où nous nous y engagions, la péniche au petit chien blanc passait sous son arche, saluée par la puissante voix de Kafi.

« Elle s'en va peut-être très loin, soupira Mady. J'aimerais partir avec elle. »

Alors que nous allions atteindre l'autre quai, un crissement aigu de pneus d'auto nous fit sursauter.

« Mon Dieu! s'écria Mady, un accident! »

Une camionnette chargée de légumes venait de s'immobiliser au milieu de la chaussée. Le conducteur descendait précipitamment de sa cabine, des gens accouraient. Un homme d'un certain âge était étendu à terre, à côté de lui gisait une petite valise qui lui avait échappé.

« Oh! s'exclama Mady, une canne blanche! C'est un aveugle. Le conducteur ne pouvait donc pas faire attention? »

Déjà, l'homme essayait de se relever, soutenu par les passants. Le chauffeur de la camionnette demanda, la voix angoissée :

« Vous êtes blessé? Je n'ai pourtant entendu aucun choc; je croyais avoir stoppé à temps.

— Je n'ai rien, répondit l'aveugle, je n'ai pas été touché. La voiture faisait beaucoup de bruit, j'ai cru qu'elle venait sur moi. C'est ma faute, j'aurais dû rester sur place, attendre qu'elle passe. Je me suis affolé et j'ai glissé sur le pavé mouillé. »

Il n'avait aucun mal, en effet. Le chauffeur le prit par le bras et lui fit traverser la chaussée, tandis qu'une dame suivait, portant la petite valise qu'elle avait ramassée.

« Je vous remercie, fit l'aveugle en s'excusant. C'est bien la première fois que pareille chose m'arrive. »

Plusieurs personnes s'offraient à le reconduire chez lui, il protesta énergiquement :

« Non, ce n'est pas la peine, je connais le quartier. Je saurai me retrouver. Je suis confus de vous avoir causé pareille émotion, »

Le chauffeur avait abandonné sa camionnette au milieu de la chaussée où elle gênait la circulation; il regagna sa voiture, et les passants se dispersèrent. L'aveugle s'éloigna, le long du trottoir, pointant sa canne blanche en avant pour déceler les obstacles. Je le suivis du regard. Il avait parcouru une centaine de mètres à petits pas serrés et rapides, quand il parut soudain en difficulté. Ne retrouvait-il plus son chemin ? Sa marche devint hésitante. Finalement, il s'adossa à un mur et sortit son mouchoir pour s'essuyer le front. Mady me saisit le bras.

« Il est peut-être malade ! Allons voir ! »

Elle s'élança vers lui.

« Monsieur ! dit-elle vivement, nous vous avons vu tomber devant la camionnette ; vous êtes peut-être mal remis de votre émotion. Voulez-vous que nous vous aidions à rentrer chez vous ? »

L'aveugle s'efforça de sourire.

« Ce n'est rien, un petit malaise ; quelques instants de repos le dissiperont. »

Tout à l'heure, dans la foule, nous l'avions mal vu. C'était un homme d'une soixantaine d'années au visage maigre, portant, comme beaucoup d'aveugles, d'épaisses lunettes noires. Il était coiffé d'un béret basque d'où dépassaient d'abondants cheveux blancs et brillants. Son pardessus, râpé aux coudes, était d'une coupe ancienne mais très propre. D'ailleurs, en se relevant, devant la camionnette arrêtée, il avait esquissé un geste, du revers de la main, pour le brosser. De plus je fus frappé, comme Mady, par sa façon de s'exprimer en termes choisis.

« Non, mes enfants, reprit-il, je vous remercie. Je me sens mieux et n'ai besoin de rien. Continuez votre promenade avec votre gros chien. »

Votre gros chien ! Comment savait-il qu'un chien nous accompagnait, surtout un gros chien? Kafi n'avait ni aboyé ni grogné. Subitement intrigué, je bredouillai :

— Excusez-nous. A cause de votre canne blanche, de vos lunettes noires, je vous avais cru aveugle.

— Hélas! je le suis depuis toujours.

— Pourtant, vous savez que nous avons un chien?»

Le vieil homme eut encore un faible sourire.

«Il s'agit bien d'un gros chien, n'est-ce pas? Je le devine à sa respiration. Les aveugles ont l'oreille fine, vous savez; ils entendent ce que d'autres ne perçoivent pas. Les gros chiens ne respirent pas comme les petits. Le vôtre, si j'en crois mon ouïe, vient de courir; son souffle n'est pas encore apaisé. Je parierais que c'est un chien-loup.»

Cette déduction nous confondit.

«Vous aimez donc les chiens? demanda Mady.

— Tous les aveugles aiment les chiens!»

Et, après un soupir :

«J'ai perdu le mien la semaine dernière, probablement écrasé par une auto. Je lui avais permis de descendre dans la cour; il a dû sortir dans la rue. Pourtant, il était la prudence même. Il me guidait à travers Lyon. Pauvre Briquet! une si bonne bête... Et le vôtre, comment s'appelle-t-il?

— Kafi!

— Puis-je le flatter?

— Il ne demande que cela.»

L'aveugle étendit le bras. Kafi se prêta de bonne grâce aux caresses du vieil homme et lui lécha même la main, ce qu'il faisait rarement à un inconnu. Emu, l'aveugle laissa échapper une larme qui coula sous ses lunettes noires.

« Mon brave Kafi, soupira-t-il, j'avais aussi deviné que tu n'étais pas méchant. »

Puis, faisant un effort pour ne pas s'attendrir, il se redressa.

« A présent, je me sens parfaitement bien ; je peux repartir. Encore merci, mes enfants. Bonne promenade ! »

Il nous tendit la main et s'éloigna rapidement d'un pas qu'il voulait assuré mais ne l'était pas tout à fait.

« Pauvre homme ! soupira Mady. On dirait qu'il ne tenait pas à ce qu'on l'accompagne jusque chez lui. Pourtant il était encore très pâle. Pourvu qu'il ne lui arrive rien. »

Au premier carrefour qu'il devait traverser, il hésita ; j'eus un mouvement pour courir de nouveau vers lui, mais il était bientôt midi. Mady n'aimait pas rentrer en retard chez elle. Je retraversai avec elle le pont Saint-Vincent pour remonter à la Croix-Rousse.

Chapitre 2

L'aveugle du pont Saint-Vincent

Cette rencontre m'avait frappé. L'après-midi, sur le « Toit aux Canuts », une terrasse qui dominait la ville où nous nous réunissions souvent, j'en parlai aux autres Compagnons de la Croix-Rousse. Le pauvre homme, mal remis, était peut-être de nouveau tombé dans la rue quand nous l'avions laissé. Je me sentais un peu responsable ; je n'avais pas assez insisté pour l'accompagner.

« Bah ! fit Corget, qui ne s'emballait pas facilement. Pourquoi te tracasser ? Il ne lui est rien arrivé.

— Etait-il même vraiment aveugle ? ajouta Bistèque. Tu dis toi-même qu'il s'est tout de suite aperçu que Kafi était avec vous, alors que ton chien n'avait ni grogné ni aboyé.

— Oui, approuva le petit Gnafron, ce pouvait être un faux aveugle. Pas plus tard que jeudi dernier, j'en ai aperçu un qui mendiait au bout de la place Tolozan. Eh bien, deux heures plus tard, je l'ai retrouvé dans un trolleybus, qui lisait le journal... et sans lunettes.»

Mes camarades ne réussirent pas à me convaincre. L'aveugle du pont Saint-Vincent n'était ni un faux aveugle ni un mendiant. Il avait paru trop ennuyé de s'être donné en spectacle. Je supposais au contraire qu'il s'était fait très mal en tombant, mais n'avait pas voulu l'avouer, par pudeur peut-être, de même qu'il avait vite refoulé ses larmes en caressant Kafi, qui lui rappelait son chien.

Le lendemain et le surlendemain, je pensai encore à lui, m'inquiétant de ce qu'il était devenu. Le dimanche, je me demandais si je n'irais pas rôder sur les quais de la Saône pour essayer de l'apercevoir, quand Kafi aboya en entendant des pas dans l'escalier. Surprise! c'était Mady. Je la voyais rarement le dimanche; ce jour-là, elle sortait souvent avec ses parents. Elle avait un petit air embarrassé qui m'étonna.

«Tidou! dit-elle, sais-tu pourquoi je suis venue?... L'aveugle du pont Saint-Vincent, tu te souviens? Eh bien, c'est stupide, je n'ai cessé de m'inquiéter de lui depuis l'autre jour. Cette nuit encore, en rêvant, j'ai cru entendre le grincement affreux des freins de la camionnette. A présent, je suis sûre que le malheureux a fait une mauvaise chute. Si tu voulais!...»

Je ne lui donnai pas le temps d'achever.

«J'ai compris, Mady!»

Nous avions eu la même pensée et elle en

fut soulagée. Cependant, comment retrouver le vieil homme aux cheveux blancs?

« Il est peut-être connu dans le quartier, dit Mady, essayons toujours. »

Je passai mon manteau et l'accompagnai avec Kafi. Depuis jeudi, le temps avait changé. Un froid vif faisait place à l'humidité. Il avait gelé dans la nuit. Un petit vent d'est, rare à Lyon, vous mordait les oreilles. En quittant la rue de la Petite-Lune, Mady enfonça, comme moi, les mains dans ses poches et Kafi hérissa sa belle fourrure pour mieux se protéger. Les quais de la Saône étaient déserts. Ce premier jour de grand froid cloîtrait chez eux les Lyonnais. Les rares passants ne nous donnèrent aucune indication. Cependant, au coin de la place Saint-Paul, le patron d'un petit café déclara :

« Un aveugle aux cheveux blancs?... qui porte souvent une petite valise? Oui, je vois de qui vous parlez. Il m'est arrivé de le croiser dans la montée Saint-Barthélemy. Allez donc voir de ce côté. »

Nous connaissions cette montée Saint-Barthélemy qui part à l'assaut de la colline de Fourvière. Malheureusement, à cause du temps sans doute, elle aussi était déserte. Les trois seules personnes rencontrées, qui grimpaient vers la basilique, n'étaient pas du quartier; elles ne connaissaient pas notre aveugle.

Enfin, je m'adressai à un homme penché sur le moteur récalcitrant de sa voiture.

« Ah! le vieil aveugle! fit-il, l'aveugle à la valise, comme on l'appelle dans la rue! Tenez, il habite presque en face, dans cette vieille bâtisse.

Entrez dans la cour; vous trouverez sûrement quelqu'un pour vous renseigner.»

La maison qu'il désignait du doigt était un vieil immeuble de quatre étages, affreusement décrépi, en si mauvais état qu'on l'eût dit abandonné. Deux volets, retenus par un seul gond, pendaient dangereusement sur la rue. A une fenêtre, des morceaux de carton remplaçaient des vitres brisées. La rouille mangeait le balcon qui courait le long du premier étage, un balcon sur lequel je n'aurais osé m'aventurer. Pourtant, aux pierres travaillées dont s'ornait la partie supérieure des fenêtres, on devinait que cet immeuble avait été, autrefois, une demeure bourgeoise. Surprise, Mady me regarda :

«Ce n'est pas possible, Tidou! L'aveugle de l'autre jour était soigné, très propre. Comment peut-il vivre dans cette maison?»

Une sorte de porte cochère, formant tunnel, donnait accès à une cour où Mady me laissa la devancer. C'était une cour sombre, encombrée de sacs de chiffons, de charrettes à bras, de roues de bicyclettes, de ballots. Une femme lavait du linge dans une baignoire d'enfant, sous un robinet. Nous voyant pénétrer dans son domaine, elle fit la moue.

«Que venez-vous faire ici, les *gones*[1]? Allez donc jouer ailleurs avec votre chien!»

Cependant, apprenant que nous cherchions quelqu'un, elle se radoucit.

«Ah! l'aveugle! Dernier étage, à droite... Vous ne le trouverez sans doute pas. On ne l'a pas vu depuis deux ou trois jours.»

---

1. A Lyon, on appelle les enfants des «gones».

J'échangeai un regard avec Mady. Deux ou trois jours! c'est-à-dire depuis jeudi. N'aurait-il pas eu la force de rentrer chez lui?

Prenant Mady par la main, je m'engageai dans l'escalier, un escalier obscur, aux marches usées.

«Ce n'est pas possible, fit encore Mady, cet homme ne peut pas vivre dans une pareille maison!

— Cela lui est peut-être égal, puisqu'il ne voit rien.

— Mais les odeurs, les saletés qu'il écrase sous son pied, cette rampe de fer où manquent des barreaux!»

De palier en palier, nous parvînmes au dernier étage, aussi délabré, mais propre. Les portes qui s'ouvraient à chaque extrémité de ce palier avaient été de belles portes, elles aussi, mais depuis combien de temps avaient-elles été revernies? Au moment où j'allais frapper à celle de droite, Mady me retint.

«Non, Tidou, n'entrons pas. Je crois comprendre, à présent. L'autre jour, il a trop insisté pour ne pas se laisser reconduire. Il ne veut pas qu'on sache qu'il vit dans un taudis. Il sera fâché de nous voir.»

Malgré elle, je frappai. Aucune réponse. Je frappai de nouveau, un peu plus fort.

«Tu vois, fit Mady, il n'est pas chez lui. Redescendons!»

J'allais la suivre, quand il me sembla entendre du bruit dans l'appartement.

«Qui est là?» demanda une voix.

Je reconnus celle de l'aveugle; elle paraissait inquiète.

«Qui est là? Est-ce vous, madame Lazergue? Je distingue mal vos pas.

— N'ayez pas peur, cria Mady, ce sont les enfants à qui vous avez parlé, jeudi, après votre chute, ceux qui promenaient un chien. Nous venons prendre de vos nouvelles.»

A travers la porte, je perçus un soupir de soulagement puis le bruit d'un verrou qu'on tire, le grincement d'une clef dans la serrure. L'aveugle apparut, vêtu de son pardessus, comme s'il se préparait à partir. Cependant, il était encore tête nue et ses beaux cheveux blancs faisaient une auréole de lumière au-dessus de son visage maigre.

«Comment?... vous, ici? Qui vous a renseignés?

— Des gens, dans la rue, et une femme qui lavait du linge dans la cour.»

Il leva les bras.

«Mes pauvres enfants. Vous avez osé vous aventurer dans ce taudis?

— Nous étions inquiets. L'autre jour, nous avons eu des remords de vous avoir laissé rentrer seul. On nous a dit que vous n'êtes pas sorti depuis jeudi; êtes-vous malade?

— Pas précisément malade, simplement un peu meurtri. J'étais couché, ou plutôt étendu sur mon lit quand vous avez frappé.»

Il s'efforça de sourire, puis passa la main dans sa belle chevelure blanche pour la remettre en ordre et rajusta le nœud de sa cravate.

«Entrez, mes enfants!... Entre aussi, toi, mon bon chien!»

La pièce où il nous introduisit était vaste, comme celles des immeubles anciens. Le plâtre s'écaillait au plafond, laissant voir le lattis de bois ; il aurait été difficile de définir la couleur de la tapisserie couvrant les murs ; mais, au premier coup d'œil, par sa propreté, cette chambre contrastait avec ce que nous avions vu dans cette bâtisse.

Deux fenêtres s'ouvraient sur la rue, dominant les toits, laissant courir la vue très loin, jusque vers la Croix-Rousse. Dans un coin, un lit de bois, dans un autre une table formant secrétaire, et, à côté, un poêle en fonte, certainement éteint, car il ne faisait guère plus chaud dans l'appartement que dehors.

Cependant, ce qui nous avait tout de suite frappés, Mady et moi, c'était l'immense meuble occupant le milieu de la pièce et soigneusement dissimulé sous une housse de cretonne qui descendait jusqu'au plancher.

« Ignorez le désordre, fit l'aveugle, devinant sans doute nos regards à travers la pièce. Prenez une chaise, asseyez-vous... et pardonnez mon émotion en vous ouvrant la porte. Je reçois si peu de visites ! Je n'y tiens pas, d'ailleurs, mais vous, mes enfants, vous êtes les bienvenus... et votre chien aussi. »

Il avait retrouvé son sourire, un sourire un peu pâle prouvant que, en effet, il n'était pas remis de sa chute. A tâtons, il promena sa main dans le vide à la recherche de Kafi, qu'il caressa longuement.

« Mes enfants, soupira-t-il, j'ai honte de vous recevoir dans une aussi laide maison. Que devez-vous penser de moi ?

— Vous vivez seul ? hasarda Mady.

— Hélas ! ma fillette, depuis trois mois, oui, je suis seul. Un bien grand malheur, le jour où j'ai perdu ma sœur qui vivait avec moi !

— Qui s'occupe de vous, de votre ménage, de votre cuisine?

— Une voisine, Mme Lazergue, une brave femme qui a pitié de moi, la seule locataire convenable de l'immeuble, mais j'arrive à me débrouiller seul. Quand j'avais mon chien, je faisais mes commissions et même celles de Mme Lazergue qui marche assez péniblement. Pauvre Briquet! je ne savais pas qu'il me manquerait tant, lui aussi.

— N'allez-vous pas le remplacer?»

L'aveugle laissa échapper un soupir.

«Bien sûr, sans chien, je ne me déplace pas facilement. C'est un peu comme si j'étais devenu deux fois aveugle. Briquet voyait pour moi. Aurai-je le courage d'en dresser un autre? Et puis, un bon chien coûte cher.»

Il y eut un silence. Nos yeux, instinctivement, se portèrent de nouveau sur l'étrange meuble caché par la housse. L'aveugle devina-t-il notre curiosité?

«Ceci vous surprend, fit-il en palpant la housse; je vous expliquerai tout à l'heure.»

Il s'assit dans un fauteuil au velours râpé, aux ressorts fatigués.

«Je n'aime guère parler de moi; je crains de vous ennuyer, mes petits amis.

— Oh! non, protesta Mady avec chaleur, puisque nous sommes venus jusque chez vous.»

Alors, il raconta son histoire. Aveugle de naissance, on l'avait placé dans une école spéciale où il avait appris à lire en braille. Malheureusement, très tôt, il avait perdu ses parents et n'avait pu poursuivre ses études. Toute sa vie, il l'avait passée avec sa sœur, de quelques années plus jeune, qui s'était dévouée pour lui. Quand ils étaient venus l'habiter, cette maison était une demeure très convenable. Mais un hiver, à la suite de fortes pluies, des glissements de terrain dans la colline de Fourvière avaient causé l'effondrement de plusieurs constructions voisines. Effrayés, les habitants de l'immeuble avaient préféré s'en aller. Des gens plus modestes ou des sans-logis s'y étaient installés. Finalement, la grande bâtisse avait été envahie par des brocanteurs et des chiffonniers qui entassaient leurs marchandises dans la cour.

« Pourquoi n'êtes-vous pas parti ? demanda Mady.

— Hélas ! ma petite, nos parents ne nous avaient pas laissé beaucoup d'argent. A cette époque-là, déjà, les loyers étaient chers. Et puis, ce quartier était le mien, celui de mes clients.

— De vos clients ?

— Hé oui, comme beaucoup d'aveugles, j'ai appris le métier d'accordeur de pianos. C'est pourquoi vous m'avez vu, l'autre jour, avec la petite valise où je range mes outils. Mais les clients deviennent rares. Les gens n'ont plus le temps d'apprendre le piano... et puis, à présent, sans mon chien... Excusez-moi, mes enfants, je ne devrais pas vous parler de choses tristes. Vous n'avez pas froid, au moins ? Pour économiser un peu de charbon, je n'ai pas allumé mon poêle. Je garde mon manteau sur les épaules. »

Il se raidit, comme s'il regrettait d'avoir avoué la tristesse de sa vie. Subitement, il se leva, et, à tâtons, revint vers le grand meuble qui encombrait le milieu de la pièce.

« Heureusement, fit-il en secouant fièrement sa belle chevelure blanche, il me reste ceci. »

D'un geste large, il tira sur la housse qui glissa et tomba à terre. Un piano apparut, un immense piano tel que ni Mady ni moi n'en avions jamais vu et qui paraissait neuf tant il était bien entretenu.

« Oui, expliqua le vieil homme, un piano de concert, un piano à queue. »

Puis, après une pause :

« Avez-vous jamais entendu parler de Liszt ? »

Liszt ! ce nom ne m'était pas inconnu. A l'école, notre maître l'avait prononcé. N'était-ce pas celui d'un grand musicien ?

« Oui ! un grand musicien, reprit l'aveugle, le plus grand pianiste du siècle dernier. Ce merveilleux instrument lui a appartenu. Il a composé dessus plusieurs de ses célèbres rhapsodies. Lorsque le grand Liszt quitta la France, en 1847, il laissa ce piano à un de ses jeunes élèves qu'il aimait beaucoup. A sa mort, ce disciple en fit cadeau à un pianiste aveugle. Cet aveugle, à son tour, me l'a confié avant de mourir, voici plus de trente ans. »

Et, se penchant sur le bois noir et luisant :

« D'ailleurs, regardez : 1843, l'année où ce piano a été fabriqué, et ces deux lettres : F L, les initiales de Franz Liszt. Cet instrument est d'une inestimable valeur.

— Oh ! s'écria Mady, vous n'êtes donc pas seulement accordeur ? Vous êtes aussi musicien ? »

Un voile de tristesse passa sur les traits de l'aveugle.

« A la mort de mes parents, j'ai dû abandonner mes études, cependant j'ai toujours aimé la musique, j'ai continué de travailler seul, pour moi, pour mon plaisir. »

Il caressa amoureusement les touches du clavier puis, brusquement, son visage se ferma. Il ramassa précipitamment la housse et l'étendit en hâte sur l'instrument.

« Surtout, recommanda-t-il, la voix inquiète, ne parlez à personne de ce que je viens de vous dire, vous entendez, à personne. Si vous saviez, mes enfants! »

Nous le regardâmes, presque apeurés, à cause du ton de sa voix.

« Vous pouvez avoir confiance, assura Mady, nous ne dirons rien.

— Ah! si vous saviez! » fit-il encore.

Il n'ajouta rien et je n'osai le questionner. Il revint s'asseoir dans son vieux fauteuil et appela Kafi pour le caresser.

« Mon bon chien, tu ressembles à celui que j'ai perdu. C'était un chien-loup, lui aussi, plus petit de taille, mais aussi intelligent. Il me guidait parfaitement, grognant ou aboyant, devant moi, suivant l'importance du danger. C'est peut-être parce que je ne sentais plus sa protection, l'autre jour, que je me suis affolé... A présent, mes enfants, parlez-moi de vous. Qui êtes-vous? Habitez-vous ce quartier? »

Je laissai Mady expliquer que nous étions de la Croix-Rousse, que plusieurs de nos camarades seraient heureux, eux aussi, de venir le voir.

« Vous ne me dérangerez pas, répondit vivement l'aveugle, au contraire. L'autre jour, je ne tenais pas à ce que vous veniez jusqu'ici, à cause de cette maison : j'avais un peu honte, mais puisque vous la connaissez à présent... »

Il ajouta :

« Et n'oubliez pas d'amener votre chien ! »

Il se leva, nous reconduisit à la porte. Notre visite lui avait fait plaisir. Cependant, au dernier moment, il parut de nouveau inquiet, toujours à cause du piano, dont il recommanda avec insistance de ne pas parler. Il précisa en outre :

« Quand vous reviendrez, n'oubliez pas de dire votre nom en arrivant sur le palier. Je n'ouvre pas à n'importe qui. Je saurai que c'est vous. »

Derrière nous, je l'entendis tourner la clef dans la serrure et tirer le verrou.

« Pauvre homme ! fit Mady, pourquoi se barricader ainsi ? Il n'y a pourtant pas grand-chose à voler chez lui, à part le piano. Et qui pourrait emporter un meuble pareil ? Il faudrait le démonter pour le descendre dans l'escalier. »

Oui, pourquoi se faisait-il tant de soucis ? Qu'avait-il voulu dire en répétant : « Ah ! si vous saviez ! » Avait-il eu récemment de graves ennuis ? Etait-ce la disparition de son chien qui le bouleversait à ce point ?

Dehors, la nuit commençait à tomber, glaciale. En arrivant devant le pont Saint-Vincent, nous revîmes l'endroit où l'aveugle avait failli se faire écraser.

« Ce qu'il lui faudrait, fit Mady, c'est un autre chien. »

Nous traversâmes le pont, balayé par le vent. Sur l'autre quai, Mady s'arrêta, me regarda, et, timidement, demanda :

« Et si nous lui prêtions Kafi ?... »

Chapitre 3

Le piano de Franz Liszt

Prêter Kafi!... L'idée m'était venue à moi aussi, bien que la pensée de me séparer de mon chien me chagrinât. Kafi était intelligent, le dresser à conduire un aveugle serait facile. Cependant, il ne m'appartenait pas entièrement. Il faisait partie des Compagnons de la Croix-Rousse; je devais en parler à mes camarades.

Le lendemain, à l'école, quand je leur racontai notre visite à l'aveugle et le projet de Mady, ils firent la moue.

«Comment s'écria Corget, c'est toi, Tidou, qui parles de te séparer de ton chien? Comme tout le monde, j'ai pitié des aveugles, mais d'après ce que tu racontes celui-là paraît bizarre.

— Si sa maison est telle que tu la décris, ajouta Gnafron, ce n'est guère rassurant.

— Et si je comprends bien, renchérit Bistèque, on ne sait pas au juste ce qui est arrivé à son chien. On le croit mort, écrasé, il a peut-être été volé. Ça se vole, les chiens. »

Seul la Guille m'approuvait, timidement, toujours un peu gêné chaque fois que son avis tranchait sur celui des autres.

En apprenant que presque toute la bande était contre nous, Mady s'indigna. J'eus beaucoup de peine à lui faire admettre que nos camarades refusaient uniquement par crainte de perdre Kafi.

« Ce sont des égoïstes, des sans-cœur, conclut-elle. Dis-leur que, ce soir, après la classe, je les rejoindrai sur le Toit aux Canuts ; je leur dirai ce que je pense. »

Le soir même, donc, sur la fameuse terrasse, malgré le temps froid, la discussion fut chaude. Ni Corget ni Gnafron ne voulaient démordre de leur point de vue. Le Tondu lui-même, qui aimait beaucoup Mady, ne pouvait se résigner à l'approuver.

« Si tu veux, dit-il, nous ferons des économies pour lui acheter un autre chien, mais gardons Kafi.

— C'est bien, fit Mady, contrariée et déçue. N'en parlons plus. »

Cependant, elle ajouta :

« Je vous demanderai seulement une toute petite chose. Tidou et moi, nous avons parlé de vous à l'aveugle. Nous pensions revenir le voir tous ensemble. Promettez au moins de nous accompagner.

— D'accord, fit Corget, nous irons... à une condition : qu'il ne soit pas question de Kafi.

— Entendu, nous n'en parlerons pas. »

Le jeudi suivant, par un temps brumeux, nous nous retrouvions donc tous sur la terrasse pour dévaler ensemble vers les quais de la Saône. Mes camarades connaissaient aussi bien que moi cette montée Saint-Barthélemy, mais peu l'avaient grimpée jusqu'au bout. Ils firent grise mine en pénétrant dans la cour de la maison. La même femme lavait encore du linge dans la même baignoire d'enfant, et une commère lui tenait compagnie. Plus loin, deux hommes s'occupaient à bourrer des chiffons dans des sacs, aidés par des gamins qui piaillaient comme des moineaux. Etonné par cet étrange monde, Kafi gronda, découvrant ses crocs, ce qui parut fortement déplaire aux deux hommes.

« Voulez-vous décamper, sales gamins ! » lança l'un d'eux.

Cependant, voyant que nous nous dirigions vers l'escalier, ils n'insistèrent pas.

« Pour une drôle de maison, me fit Gnafron, on peut dire que c'est une drôle de maison. C'est là que tu voudrais laisser Kafi ? »

Enfin, d'étage en étage, on arriva au dernier palier. Mady s'avança, et, à haute voix, devant la porte :

« C'est moi, dit-elle, me reconnaissez-vous ? Je vous amène mes camarades. »

Comme la première fois, je perçus un bruit de clef dans la serrure, puis celui d'un verrou. L'aveugle apparut dans l'embrasure de la porte. Certainement, aujourd'hui jeudi, il s'attendait un peu à notre visite. Il avait fait toilette : cheveux parfaitement peignés, nœud de cravate bien ajusté, veston sombre, d'une coupe ancienne mais très propre, pantalon au pli bien marqué.

« Que de monde! s'exclama l'aveugle en tendant les mains au hasard. Soyez les bienvenus, mes petits amis... et toi aussi, mon bon chien. »

Il nous fit entrer dans son domaine où régnait une douce chaleur : il avait aussi allumé le petit poêle, sans doute en notre honneur.

« Vous voyez, annonça Mady, nos camarades sont venus. Voulez-vous que je vous les présente ?

— Non, qu'ils se présentent eux-mêmes, cela me permettra, ensuite, de les reconnaître à leur voix. »

Gnafron, qui n'était jamais intimidé, commença :

« Mon nom est Gerland, cependant, tout le monde m'appelle Gnafron parce que j'habite au-dessus de l'échoppe d'un cordonnier[1]. J'ai treize ans, je ne suis pas grand de taille. Mes camarades disent que je me peigne avec un clou parce que j'ai toujours les cheveux en broussaille. J'aime jouer aux billes et surtout aux cartes. »

A son tour, Corget expliqua qu'il habitait près du Toit aux Canuts, qu'il aimait les chiens et la lecture, puis le Tondu avoua qu'il était chauve à cause d'une maladie qui lui avait fait perdre tous ses cheveux, et Bistèque que son père était commis boucher.

1. Gnafron est le nom d'un cordonnier, personnage du Guignol lyonnais.

De tous, le plus intimidé était certainement la Guille. Il n'aimait guère parler de lui.

« Moi, dit-il, j'aime lire. J'ai beaucoup de mal à me tenir sur un vélo ; en classe, je ne suis pas très fort en calcul.

— Mais c'est le champion du patin à roulettes, ajouta vivement Gnafron. Et si vous l'entendiez jouer de l'harmonica !

— Ah ! de l'harmonica ! fit l'aveugle. Tu apprends la musique ? »

La Guille rougit, ce qui n'avait pas d'importance puisque l'aveugle ne le voyait pas, et répondit qu'il ne savait même pas lire les notes.

« Possible, s'écria encore Gnafron, il est tout de même capable de jouer n'importe quel air sans faute. Si vous voulez l'entendre, je suis sûr qu'il a son instrument dans sa poche.

— Certainement, approuva l'aveugle. J'aurais beaucoup de plaisir à t'écouter... même si tu ne connais pas tes notes. »

Faute de chaises en nombre suffisant, nous nous étions assis sur le plancher. Resté seul debout, la Guille sortit son harmonica et s'exécuta. Les deux mains jointes sous son menton, l'aveugle écouta avec la plus grande attention.

« Bravo ! mon garçon, fit-il. Tu n'as peut-être jamais appris la musique, mais tu la comprends, tu as le sens des nuances et celui des accords. Dommage que tu n'aies pas pris de leçons ! Sans doute n'est-il pas trop tard. Si tu voulais revenir me voir... »

Puis, se tournant vers nous :

« Et vous, la musique ne vous intéresse pas ? Vous n'aimeriez pas entendre quelque chose ? »

Tous les regards se tournèrent vers la housse.

J'avais parlé à mes camarades de cet extraordinaire piano. C'était pour lui autant que pour l'aveugle qu'ils étaient venus. Quittant son fauteuil, le vieil homme s'avança, et, d'un geste presque religieux, découvrit le merveilleux instrument. Mes camarades ne purent retenir un murmure d'admiration. Certainement, l'aveugle avait aussi prévu de nous le faire contempler, comme à des connaisseurs. Le bois verni était soigneusement astiqué ; tel un miroir, il reflétait les objets de la pièce.

Le vieil homme s'approcha du tabouret, s'installa devant le clavier aux touches d'ivoire. Puis, très droit, pivotant vers nous, il dit, se souvenant des noms :

« J'ai déjà expliqué à Mady et Tidou l'origine de ce piano. Il a appartenu au célèbre Franz Liszt qui a composé, sur ce clavier, plusieurs de ses rhapsodies... Voulez-vous que j'interprète l'une d'elles, la plus célèbre, la *Rhapsodie hongroise n° 2* ? Vous la reconnaîtrez certainement pour l'avoir entendue à la radio. »

Et, secouant sa chevelure blanche, cet homme d'apparence presque fragile plaqua des accords si impétueux que les vitres des fenêtres en tremblèrent.

Pour être sincère, jusqu'à ce jour, ni les uns ni les autres n'avions un goût spécial pour le piano auquel nous préférions, sans hésitation aucune, la guitare électrique. Ce fut une découverte. Jamais nous n'avions pensé ressentir pareille émotion. Tandis que les doigts agiles de l'aveugle couraient sur le clavier, frappant les touches nerveusement ou les effleurant à peine comme pour une caresse, nous étions transportés, oui, transportés. Par une sorte de miracle, nous planions dans un autre monde, peut-être vers les immenses plaines de Hongrie, à la poursuite de cavales sauvages.

Quand le piano se tut, nous étions si loin dans le rêve que personne ne bougea. Enfin, brusquement, Mady se leva et se jeta au cou de l'aveugle pour l'embrasser.

« Encore ! s'écria-t-elle.

— Encore ! réclama la Guille.

— Encore ! » cria toute la bande.

Emu, l'aveugle, qui s'était levé, revint s'asseoir devant le clavier et se concentra pour attaquer un nouveau morceau, mais, au moment d'étendre les doigts, il interrompit son geste et se retourna.

« Si vous voulez, je vous jouerai à présent un morceau de ma composition, vous serez les premiers à l'entendre.

— Oh ! s'étonna Mady, pleine d'admiration, vous savez aussi composer de la musique ? Comment faites-vous pour l'écrire, puisque vous ne voyez pas ?

— Je ne l'écris pas, ma mémoire est bonne ; les notes y restent gravées, c'est comme si je les voyais intérieurement. »

Alors, s'étant de nouveau recueilli, il commença. Je ne connaissais rien à la musique ; cependant, je compris que ce morceau était bien différent de la rhapsodie de Liszt, qui m'avait paru un peu brutale, par moments. Celui-ci n'était que douceur, légèreté, avec de longues envolées qui montaient très haut, pareilles à des chants aériens. On voyait que l'aveugle ne faisait qu'un avec sa musique. Nous

nous en sentions plus prisonniers encore, plus pénétrés.

Mais que se passa-t-il? Sous le charme d'une longue phrase musicale, nous écoutions en silence, quand, brusquement, les notes cessèrent. L'aveugle laissa retomber ses mains, tourna lentement vers nous son visage défait.

« Mes enfants, excusez-moi!

— Qu'avez-vous? demanda Mady. Vous vous sentez mal? »

Il secoua la tête.

« Ce n'est rien... non, je ne souffre pas. Simplement, en jouant, une idée m'est venue, une crainte stupide.

— Une crainte?

— Un pressentiment. J'ai eu l'impression que c'était la dernière fois que je jouais sur ce piano. Ah! si vous saviez! »

Je regardai Mady; surprise elle aussi par cet arrêt subit de la musique et l'attitude du vieil homme, elle demanda :

« Pourquoi un pressentiment? Vous avez des soucis?... Votre santé? »

Il ne répondit pas. Accablé, il s'appuyait au piano et baissait la tête, passant la main sur son front. Je l'aidai, avec Corget, à faire les quelques pas qui le séparaient du fauteuil où il se laissa tomber lourdement.

« Pardonnez-moi, fit-il en s'apercevant de l'émotion qu'il venait de nous causer, je suis ridicule. C'est à cause de cet homme.

— Quel homme?

— Un inconnu qui est venu me voir.

— Quand?

— Le mois dernier, deux fois, et il a encore

frappé à ma porte avant-hier. Je suis sûr qu'il me veut du mal.

— Du mal? se récria Mady.

— A cause de ce piano. Il veut me l'acheter. Je ne m'en séparerai pas pour tout l'or du monde, mais, avant-hier, j'ai compris que l'homme ne désarmerait pas.

— Pourquoi avez-vous ouvert votre porte?

— La première fois, je croyais à la visite d'un de mes clients. A la seconde, j'ai hésité. Il a tant insisté que je l'ai laissé entrer, croyant m'en débarrasser plus facilement. Avant-hier, quand il s'est présenté de nouveau, je n'ai pas ouvert. Je lui ai répété mon refus à travers la porte... mais, croyez-moi, malgré sa façon aimable de se présenter, je sais qu'il fera n'importe quoi pour arriver à ses fins.»

Chacun essaya de l'apaiser, disant que personne ne pouvait l'obliger à vendre une chose lui appartenant. Il secoua la tête.

«Bien sûr! Pourtant, je ne me trompe pas, cet homme me veut du mal.»

Je lui demandai des précisions sur cet inconnu.

«Hélas! mes enfants, je n'ai pu le voir. Je peux seulement vous dire qu'il est de petite taille, à en juger par la hauteur à laquelle me parvenait le son de sa voix. Le plancher ne craquait que faiblement sous ses pas; il ne doit pas, non plus, être de forte corpulence. Les deux fois où il est venu, ses vêtements sentaient le tabac blond; j'en ai conclu qu'il fumait des cigarettes de luxe. Ce que je peux mieux décrire, c'est sa voix, plutôt aiguë, légèrement nasillarde.

— A-t-il dit son nom ?

— Simplement qu'il était marchand de pianos.

— Pourquoi, d'après vous, questionna Gnafron, insisterait-il tant pour avoir le vôtre ?

— Probablement parce qu'il sait que cet instrument est d'une inestimable valeur. Il m'en offrait d'ailleurs relativement cher pour un piano d'occasion.

— Il était donc bien renseigné ?

— Sans aucun doute, mais je ne vois pas par qui. Les habitants de cet immeuble m'entendent souvent jouer du piano, bien sûr, cependant ils ignorent sur quel instrument. Quant à la brave femme qui s'occupe un peu de moi, elle est la discrétion même. Elle n'a d'ailleurs pas aperçu cet homme quand il est venu. »

Il eut un soupir et s'efforça de sourire.

« Bah ! mes jeunes amis, c'est peut-être moi qui me fais de stupides idées. Quand on ne peut voir les gens, on s'imagine toutes sortes de choses. Je suis soulagé de vous avoir parlé de mes inquiétudes. »

Quittant son fauteuil, il revint s'asseoir devant son piano, et ses doigts coururent de nouveau sur les touches. Oubliant ses soucis, il poursuivit son jeu d'artiste où il mettait toute son âme. Cependant, quand, la dernière note envolée, il se retourna vers nous, son visage avait gardé quelque chose d'inquiet.

Aidé par Mady, il replaça la housse sur le précieux instrument et on se remit à parler, mais le soir commençait à tomber. Je devais rentrer garder mon petit frère pendant que maman irait faire une course. L'aveugle nous remercia avec chaleur de lui avoir fait l'aumône d'une visite, et, sans arrière-pensée cette fois, mes camarades promirent de revenir. Avant de nous laisser repartir, il caressa encore longuement Kafi :

« Mon bon chien ! c'est vrai, tu me rappelles le pauvre Briquet. Quand tu te frottes contre mes jambes, je crois l'avoir retrouvé. Tu reviendras, toi aussi, n'est-ce pas ? »

Nous descendîmes l'escalier déjà empli d'ombre. En bas, la cour était déserte. Bouleversés par cette visite, nous arrivâmes au bas de la montée Saint-Barthélemy sans avoir échangé un mot. Mais tout à coup, Corget s'arrêta.

« Vous aviez raison, Tidou et Mady, on ne peut pas abandonner cet aveugle. Je ne sais s'il a raison de s'inquiéter ; pour moi, il se fait des idées. Peu importe, nous devons l'aider. Je suis sûr qu'avec Kafi il se sentirait protégé, moins seul. Etes-vous d'accord ?

— D'accord ! » répondit d'une seule voix la bande des Compagnons.

Chapitre 4

Mystérieuse disparition

Le lendemain, je revins chez l'aveugle avec Mady annoncer que, tous ensemble, nous avions décidé de lui laisser Kafi en attendant qu'il trouve un autre chien.

Le vieil homme aux cheveux d'argent protesta vivement. Il ne voulait pas nous priver de notre fidèle compagnon à quatre pattes. Il serait trop peiné si, par malheur, un accident lui arrivait pendant qu'il l'aurait sous sa garde.

Mady sut si bien insister que l'aveugle finit par accepter.

« Que voulez-vous qu'il lui arrive ? dit-elle pour apaiser ses craintes. Kafi est trop prudent pour se faire écraser, trop obéissant pour ne pas vous écouter. Et puis nous le verrons souvent, chaque fois que nous viendrons ici. »

Kafi resta donc chez l'aveugle. Ce geste, je le faisais de bon cœur. Cependant, lorsque, ayant laissé mon chien, je retraversai avec Mady la cour de l'immeuble, je ne pus m'empêcher de penser à Briquet. S'était-il vraiment fait écraser dans la rue ? Les autos n'étaient pas nombreuses dans la montée Saint-Barthélemy. Je ne sais pourquoi, il me sembla que c'était cette cour même qui avait porté malheur au pauvre chien.

« Bah ! fit Mady, les gens de cette maison ont de drôles d'allures, c'est vrai, mais qu'auraient-ils fait d'un chien ? »

Plusieurs jours passèrent. Presque chaque soir, en sortant de l'école, tantôt seul, tantôt avec les autres Compagnons et Mady, je descendais de la Croix-Rousse pour revoir Kafi.

L'aveugle rayonnait. La présence de mon chien lui faisait oublier les étranges visites qui l'avaient affolé. Il ne savait comment nous remercier. D'après lui, Kafi était un guide merveilleux. Du premier coup, il avait compris ce qu'on attendait de lui. Avec un pareil compagnon, le pauvre homme se sentait en toute sécurité. Lorsqu'il descendait en ville, visiter un client, Kafi marchait sagement devant lui, à bout de laisse, s'arrêtant net au premier obstacle.

« Vraiment, répétait l'aveugle, je ne m'attendais pas à ce qu'il remplace si bien Briquet... Et si tu savais, Tidou, comme je me sens fier quand, dans la rue, j'entends les gens s'exclamer : « Oh ! le beau chien-loup ! » On n'en disait pas autant de Briquet ; il est vrai que Briquet boitait depuis le jour où, tout petit, il s'était brûlé une patte avec le contenu d'une casserole d'eau bouillante. »

AIN
Kafi

Et, pour me tranquilliser, il ajoutait :

« Sois rassuré, les jours où je n'ai pas à sortir en ville, je ne le laisse jamais descendre seul dans la cour. Je l'accompagne toujours, en le tenant en laisse. »

Cette nouvelle vie ne paraissait pas du tout déplaire à Kafi. Jamais on ne s'était autant occupé de lui : il avait pris conscience de l'importance de sa tâche. Dès que l'aveugle se déplaçait, à tâtons, dans la pièce, il accourait afin de le guider. Pour mes camarades et moi, ces visites montée Saint-Barthélemy devinrent très agréables. L'aveugle nous apprenait à aimer la musique. Ce n'était plus lui qui proposait d'enlever la housse du piano, mais nous qui le suppliions de jouer un morceau, de préférence parmi ceux de sa composition.

« Je suis sûr que c'est un grand artiste », disait la Guille, émerveillé.

Nous étions tous loin de nous douter de ce qui allait bientôt se passer.

C'était un samedi soir. Ni mes camarades ni Mady ne m'accompagnaient car nous devions tous, le lendemain, revenir passer l'après-midi chez l'aveugle. A la mi-décembre, la nuit tombe vite. Elle envahissait déjà la cour quand je pénétrai dans le vieil immeuble de la montée Saint-Barthélemy. D'ordinaire, dès qu'il reconnaissait mon pas dans l'escalier, Kafi se précipitait derrière la porte et aboyait joyeusement pour saluer mon arrivée.

Ce soir-là, je n'entendis pas sa voix. Je pensai que l'accordeur était sorti avec lui. Pourtant, d'ordinaire, l'aveugle descendait en ville au début de l'après-midi. A l'instant où j'allais frapper à la porte, celle-ci s'ouvrit; l'accordeur se précipita au-devant de moi.

« C'est toi, Tidou ?... Kafi!... il a disparu! »

La gorge serrée par l'émotion, il pouvait à peine parler.

« Ce matin, expliqua-t-il vivement, j'étais resté au lit plus longtemps que de coutume, à cause d'un rhume, pris hier dans le brouillard. Kafi avait besoin de sortir, comme tous les matins. Il paraissait très pressé. Je me suis levé, en pyjama, pour lui ouvrir. Cinq minutes plus tard, pas davantage, le temps de m'habiller, je suis descendu dans la cour pour l'appeler. Il n'est pas venu. Alors je me suis hasardé dans la rue. Rien. Inquiet, je suis remonté appeler Mme Lazergue, la brave femme qui m'apporte mes repas et s'occupe de mon linge. Kafi la connaissait, peut-être était-il allé gratter à sa porte ? Elle n'avait rien entendu. Elle-même est descendue dans la cour, puis dans la rue, en vain. En remontant, elle a pensé que Kafi, se sentant libre, avait voulu rentrer chez toi, à la Croix-Rousse... Tu ne l'as pas vu ?

— J'arrive de l'école, mais, au début de l'après-midi, quand je suis parti en classe, il n'était pas rentré à la maison. »

L'aveugle joignit les mains en signe de désespoir.

« Ah! Tidou, c'est ma faute! Pourtant, qui aurait pu prévoir ? Juste la seule fois où je l'ai laissé sortir seul! »

Qu'était-il arrivé à mon chien ? S'était-il vraiment perdu en voulant rentrer à la Croix-Rousse ?

A mon tour, je dégringolai l'escalier pour

explorer la cour. Malgré l'obscurité grandissante, des gamins jouaient encore avec un chariot de bois de leur fabrication. Je les questionnai. Ils n'avaient rien vu. Trouvant qu'ils avaient l'air de se moquer de moi, j'insistai un peu rudement. Alors, un homme sortit de l'ombre.

« Que leur veux-tu, à ces gones ? S'ils disent qu'ils n'ont rien vu c'est qu'ils n'ont rien vu ! »

C'était un chiffonnier, un grand gaillard encore jeune, à la mine peu sympathique. Nos allées et venues dans l'immeuble devaient l'agacer. Même s'il savait quelque chose, il ne dirait rien.

Je sortis donc dans la rue, me hasardant à frapper à plusieurs portes voisines pour demander si un chien-loup avait été aperçu dans la montée. Personne n'ayant pu me renseigner, je revins chez l'aveugle qui me conseilla de repartir sans tarder à la Croix-Rousse ; mon chien était peut-être rentré chez moi dans l'après-midi.

Hélas ! Kafi n'avait pas reparu dans la rue de la Petite-Lune. J'avais si triste mine en arrivant à la maison que maman crut qu'il m'était arrivé un accident. La disparition de Kafi la toucha autant que moi. En effet, mes parents savaient que j'avais prêté Kafi à un aveugle et avaient approuvé mon geste. Désespéré, je voulus courir chez Mady et mes camarades, au cas où ils l'auraient aperçu. Maman me retint.

« Non, Tidou, pas ce soir, il est trop tard. Regarde, j'ai déjà mis le couvert. D'ailleurs, si Kafi était rentré à la Croix-Rousse, c'est ici, chez nous, qu'il serait revenu. »

Ce soir-là, j'eus à peine le courage de souper, et ma chambre me parut plus vide que les autres jours. Depuis une semaine, Kafi ne couchait plus dans ma chambre sur sa vieille descente de lit, mais je le savais aussi bien que chez moi, dormant près du fauteuil de l'aveugle. Ainsi, il n'était pas vraiment absent, tandis que ce soir!...

Le lendemain, un dimanche, je me levai tôt, après une mauvaise nuit pleine de cauchemars. Mon premier mouvement fut de courir à la fenêtre, de me pencher sur la rue pour voir si Kafi, transi de froid, n'attendait pas, couché devant la porte. La rue était déserte.

Je m'habillai en hâte et courus d'abord chez Mady annoncer la triste nouvelle, puis, de là, chez Gnafron qui descendit avertir la Guille et Corget tandis que je repartais chez Bistèque. Une demi-heure plus tard, toute la bande se réunissait, non pas sur le Toit aux Canuts, car il faisait vraiment trop froid ce matin-là, mais dans l'ancien atelier de tisserand qui nous servait de lieu de réunion, dans la rampe des Pirates.

Alors, dans la «caverne» (nous appelions ainsi notre refuge), je racontai en détail ce qui était arrivé. Mady se montra désolée. Elle en avait les larmes aux yeux.

«Oh! dire que c'est moi qui ai tant insisté pour que nous prêtions Kafi!» soupira-t-elle.

Pour personne la disparition de mon chien ne s'expliquait.

«Voyons, dit Corget, crois-tu, Tidou, que Kafi aurait été capable de revenir seul à la

Croix-Rousse s'il avait eu envie de rentrer chez toi?

— A peu près sûr. Il connaissait le chemin, il l'avait fait plusieurs fois avec moi. Quand j'habitais en Provence, il lui arrivait de revenir seul de beaucoup plus loin.

— D'ailleurs, remarqua Mady, il se plaisait chez l'aveugle qui le gâtait encore plus que nous. Il savait que nous revenions presque chaque jour, et, vous l'avez constaté comme moi, il ne cherchait pas à nous suivre quand nous repartions. Je suis certaine que Kafi ne s'est pas sauvé.

— Ce qui me paraît bizarre, dit Gnafron, c'est que Kafi a disparu de la même façon que Briquet, l'ancien chien de l'aveugle, au moment où il les a laissés descendre dans la cour. Ils ont pu tous les deux être enlevés par quelqu'un qui n'attendait que ce moment-là.»

Oui, enlevés!... J'y avais pensé, moi aussi. Je parlai de l'attitude de l'homme, hier soir, quand j'explorais la cour. Pourquoi était-il intervenu quand j'interrogeais les gamins? Craignait-il qu'ils aient la langue trop longue?

«Bien sûr, fit Mady, les habitants de cette maison ont de drôles de mines, cependant je ne vois pas pourquoi ils auraient enlevé Kafi.

— Pour le vendre, parbleu! s'exclama Gnafron. On ne tombe pas tous les jours sur une belle bête comme Kafi. A Lyon, il existe des marchands qui achètent les chiens pour les revendre.

— Possible, reprit Mady, mais Briquet, lui, n'était pas beau. L'aveugle l'a dit, il boitait. Personne n'achète les chiens boiteux.»

Mady avait raison. Devions-nous donc supposer qu'il s'était fait écraser de la même façon que Briquet?

Je proposai de retourner voir l'aveugle. Qui sait? Dans la nuit, Kafi était peut-être revenu.

« C'est ça, approuva Mady. Allons-y ensemble. »

Comme nous pénétrions dans la cour, l'homme de la veille, celui qui m'avait rabroué, était là. Les poings sur les hanches, sourcils froncés, il nous regarda passer sans dire mot.

Nous arrivions à peine au dernier palier que l'aveugle apparut.

« Rien, mes pauvres enfants! toujours rien! J'ai pourtant passé une nuit blanche à écouter, espérant que notre Kafi viendrait gratter à la porte. »

Il nous fit entrer, et, pour mes camarades, reprit son récit de la veille. Il était neuf heures dix à sa montre (il possédait une montre spéciale, sans verre, où il lisait l'heure en effleurant du doigt les aiguilles) quand il avait ouvert la porte à Kafi. Pendant qu'il s'habillait pour descendre le chercher, Kafi n'avait pas aboyé. Il affirmait que, même de si haut, il aurait reconnu sa voix. Il en conclut que Kafi n'avait certainement pas été menacé ni malmené. En quoi il avait raison, car, dès qu'on l'attaquait, mon chien donnait de la voix avant de mordre.

D'une supposition à l'autre, nous cherchions obstinément ce qui avait pu se produire, quand l'aveugle, assis dans son vieux fauteuil, tressaillit. La voix tremblante, il murmura :

« Si... si le coupable... était l'homme qui me veut du mal!... »

Chapitre 5

Rencontre dans un escalier

L'homme qui lui voulait du mal!... Personne n'y avait pensé. Quel rapport établir entre les visites du marchand de pianos et la disparition de Kafi? Même Mady, qui avait souvent des idées lumineuses, n'avait pas fait de rapprochement.

« Le pauvre homme se croit menacé à tort, avait-elle dit. Le marchand a insisté pour qu'on lui vende le piano dont il connaissait probablement la valeur, de là à vouloir du mal à l'aveugle! En tout cas, je ne vois pas quel intérêt aurait, pour cet inconnu, la disparition de Kafi. »

Cinq jours passèrent, cinq longs jours pleins d'attente, d'anxiété, et, malgré tout, d'espoir. Comment croire que nous ne reverrions plus jamais Kafi? A notre chagrin, s'ajoutait l'inquiétude que nous causait l'aveugle. Kafi disparu, il ne se sentait plus en sécurité, ne parvenait pas à se défaire de l'idée que mon chien avait été emmené par le marchand de pianos. Quand nous tentions de le raisonner, il répondait de sa voix douce :

«Je sais, vous pensez que je perds la tête. Non, mes enfants. Les aveugles devinent certaines choses mieux que les "voyants". La façon de parler, la voix en disent plus long que les mots. L'homme qui est venu chez moi s'est trahi par sa voix. Je sais qu'il me veut du mal.»

Pour le rassurer, nous avions promis de revenir souvent le voir. D'ailleurs, les vacances de Noël approchaient, nous serions plus libres. En attendant, chaque soir, en sortant de classe, je dévalais les rues de la Croix-Rousse pour lui faire une visite, et, je l'avoue, plus encore pour rechercher mon chien. L'aveugle reconnaissait mon pas dans l'escalier. En arrivant sur le dernier palier, je le trouvais presque toujours qui m'attendait devant sa porte.

Or, un soir, cette porte resta close... et elle ne s'ouvrit pas non plus quand je frappai en prononçant mon nom. S'était-il étendu sur son lit et endormi? Je frappai de nouveau et appelai. Rien. Etait-il allé voir un client? Il ne tarderait pas à rentrer. Je l'attendis, assis sur une marche. Cependant, cette absence prolongée me parut anormale. L'accordeur n'aimait pas sortir la nuit. Le soir, la circulation en ville devenait trop intense, trop dangereuse; passants et automobilistes distinguaient mal sa canne blanche. Je descendis frapper à la porte de Mme Lazergue, à l'étage au-dessous.

«Tiens! s'étonna la brave femme, pas encore

rentré ? Il est sorti au début de l'après-midi. Il s'est arrêté un instant chez moi pour me remettre du linge à laver. Il allait voir un client, rue Poulaillerie, de l'autre côté de la Saône. Tu es sûr qu'il n'est pas chez lui ?

— J'ai frappé, appelé plusieurs fois. »

A elle aussi, cette longue absence parut bizarre. Elle remonta avec moi à l'étage supérieur. Ses appels n'eurent pas plus de succès. Elle réfléchit.

« Peut-être est-il resté à bavarder, ou à faire du piano avec son client ; celui-ci le ramènera plus tard, en voiture. C'est déjà arrivé. »

Je patientai encore un moment. Cependant, j'avais plusieurs leçons à réviser pour la composition du lendemain à l'école, et maman n'aimait pas me voir veiller trop tard. Je remontai à la Croix-Rousse.

Cette nuit-là, je dormis mal, tracassé par l'impression que quelque chose était arrivé à notre vieil ami. Le lendemain, je me levai en même temps que mon père qui partait de la maison à sept heures et demie pour son atelier de tissage. En faisant vite, j'aurais le temps de grimper jusqu'à Fourvière et d'être de retour à l'heure pour l'école.

Il faisait encore grand-nuit quand j'abordai la montée Saint-Barthélemy ; je faillis même tomber, dans la cour, en heurtant un sac que je n'avais pas vu. Je grimpai directement chez l'aveugle, quitte à l'éveiller s'il dormait. Pas de réponse !

Je redescendis chez Mme Lazergue, et la trouvai en train de moudre du café. A sa mine consternée, je compris que mon pressentiment ne m'avait pas trompé.

« Pauvre M. Vauquelin ! soupira-t-elle, il a été victime d'un accident. Hier soir, à peine étais-tu reparti qu'une dame, une infirmière, est venue me prévenir que M. Vauquelin avait été transporté, accidenté, à l'hôpital de Grange-Blanche. Il lui avait remis sa clef pour venir prendre quelques affaires et papiers indispensables, et lui avait demandé de passer chez moi.

— Est-ce grave ?

— Il était sans connaissance à son arrivée à l'hôpital. Il aurait été renversé par un cyclomoteur sur les quais de la Saône, vers quatre heures. En revenant à lui, il a aussitôt donné son adresse.

— Est-il en danger ?

— Je ne pense pas puisqu'il a assez vite repris connaissance. Pauvre homme ! Hier encore, je lui répétais qu'il n'était pas prudent de sortir sans chien. Il a dû de nouveau s'affoler, en traversant une rue, comme l'autre fois près du pont Saint-Vincent. Les visites sont probablement interdites le matin ; dès cet après-midi j'irai le voir, malgré mes mauvaises jambes. »

Bouleversé, je dis à Mme Lazergue que je repasserais, le soir, pour avoir des nouvelles et repartis en courant, mon cartable sous le bras. Je n'étais pas en retard. Je rejoignis mes camarades au moment où ils entraient dans la cour de l'école. Après la disparition de Kafi, cette autre triste nouvelle les consterna.

« Oui, soupira Corget, il n'a pas de chance, mais c'était presque à prévoir. Sans chien pour le guider, dehors, il manquait d'assurance.

— Espérons qu'il se rétablira vite, dit la Guille. Dès que nous pourrons, nous irons le voir.

— Malheureusement, remarqua le Tondu, l'hôpital de Grange-Blanche est à l'autre bout de Lyon ; impossible d'y aller à pied.

— Et il faut changer au moins une fois de trolleybus, ajouta Bistèque, je le sais, j'y suis allé l'an dernier voir un cousin qui avait eu un accident d'auto. »

Dès la sortie, je courus prévenir Mady. Je la rattrapai à l'entrée de la rue des Hautes-Buttes, qui rentrait de classe elle aussi.

« Mon Dieu ! s'écria-t-elle, le pauvre homme ! un accident ! »

Et d'ajouter aussitôt :

« Pourvu qu'il ne croie pas encore à une machination montée par le marchand de pianos ! »

Je lui donnai, comme aux autres, rendez-vous à la sortie du soir, sur le Toit aux Canuts, d'où nous irions ensemble voir Mme Lazergue.

Tout l'après-midi, la pensée que notre vieil ami souffrait sur un lit d'hôpital, s'ajoutant à ma peine d'avoir perdu Kafi, m'empêcha de m'intéresser aux leçons.

A cinq heures, quand la bande se retrouva sur la terrasse, le brouillard très épais faisait déjà la nuit. Du pont Saint-Vincent, on ne distinguait même pas les eaux de la Saône. Dans la cour du vieil immeuble, malgré l'obscurité presque complète qui l'envahissait, des chiffonniers triaient leur butin de la journée. Je m'engageai le premier dans l'escalier mal éclairé. Presque aussitôt, je faillis me heurter à un homme qui descendait discrètement et s'effaça pour nous laisser le passage. Au troisième, je frappai chez Mme Lazergue. Barricadée dans son appartement, elle hésita avant d'ouvrir.

« Ah ! c'est vous, balbutia-t-elle,... je craignais... mais entrez ! »

A la voir si émue, on pouvait croire au pire. Cependant, elle expliqua aussitôt :

« Oui, je suis allée voir M. Vauquelin, oh ! pas longtemps, quelques instants seulement et, encore, j'ai cru qu'on ne me laisserait pas arriver jusqu'à lui.

— Comment l'avez-vous trouvé ?

— Rassurez-vous, ce ne sera pas trop grave. Il a recouvré sa lucidité. On l'a radiographié : pas de fracture du crâne, seulement deux côtes enfoncées. L'accident est arrivé comme la première fois, après une hésitation, en traversant la chaussée. Un cyclomoteur l'a heurté, pas très violemment, mais, en tombant, il a touché l'arête du trottoir. Il devra rester à l'hôpital deux ou trois semaines. Vous pourrez aller le voir dans quelques jours. Il recommande de ne pas s'inquiéter pour lui. »

Mme Lazergue avait parlé très vite. Quand elle se tut, son visage marqua une nouvelle inquiétude, comme à l'instant où elle avait ouvert sa porte. Elle demanda vivement :

« En montant, vous n'avez pas croisé quelqu'un dans l'escalier ?... un homme en pardessus gris à col de fourrure ?

— Si, nous grimpions vite, nous avons failli le bousculer.

— Vous l'aviez déjà vu chez M. Vauquelin ?

— Jamais. Pourquoi ?

— Attendez ! Je venais juste de rentrer de

l'hôpital et d'accrocher mon manteau là, à cette patère, derrière la porte, quand j'ai entendu quelqu'un monter l'escalier, quelqu'un qui allait au dernier étage. Or, là-haut, il n'y a que deux locataires, M. Vauquelin et les Lopez, un ménage d'étrangers qui ne sont pas à Lyon en ce moment. Alors j'ai posé l'oreille contre la porte. Vous comprenez, M. Vauquelin ne reçoit pour ainsi dire pas de visites, à part les vôtres, et je connais presque tous ses clients. Je sais qu'il n'aime pas qu'on vienne chez lui, surtout depuis quelque temps. Il a peur de je ne sais quoi. On a frappé plusieurs fois à sa porte. J'ai pensé que, après tout, c'était peut-être encore quelqu'un de l'hôpital. Quand le visiteur est redescendu, j'ai ouvert et me suis trouvée nez à nez avec un inconnu très élégant. Je lui ai dit que M. Vauquelin n'était pas chez lui, qu'il venait d'être victime d'un accident. Alors, il m'a questionnée comme s'il le connaissait et s'est apitoyé sur son sort. Je me demande qui était cet homme, je ne l'avais jamais vu. Malgré son élégance, il avait une drôle d'allure, un air pas très franc. Quand je lui ai demandé s'il avait quelque chose à faire dire à M. Vauquelin, au cas où je retournerais à l'hôpital, il m'a recommandé de ne pas parler de sa visite.

— Il était plutôt petit, n'est-ce pas?

— Oui, il portait un pardessus gris à col de fourrure et un chapeau mou, gris aussi, à ce qu'il m'a semblé.

— Sa voix était aiguë, nasillarde?

— C'est le mot, nasillarde.»

Puis, s'étonnant soudain :

«Comment? Vous lui avez donc parlé?»

Je bredouillai une vague explication, et, faisant semblant d'être pressés de rentrer, nous quittâmes la brave femme pour dégringoler l'escalier quatre à quatre. Comme moi, mes camarades avaient compris. L'homme qui était monté chez l'aveugle était le marchand de pianos. Pour ne pas effrayer inutilement Mme Lazergue, notre vieil ami ne lui en avait jamais parlé.

« Allons à sa recherche », dit la Guille.

La bande se divisa en deux groupes qui partirent chacun de leur côté vers les extrémités de la rue. Mais nous nous étions attardés chez Mme Lazergue ; l'homme avait eu le temps de s'éloigner. Probablement même était-il venu en voiture. De toute façon, qu'aurions-nous fait si nous l'avions rencontré ?

« Curieux ! dit Gnafron quand les deux groupes se rejoignirent. A présent, il me semble que l'homme a eu une hésitation quand il nous a aperçus sur le palier.

— En tout cas, précisa Bistèque, il a relevé le col de son pardessus et rabattu son chapeau sur les yeux, comme pour ne pas montrer son visage.

— Bah ! fit Corget, ça ne veut rien dire. Il s'apprêtait à sortir, il avait déjà pris ses précautions pour se protéger du froid. »

Il faisait très froid, en effet, un froid humide, bien lyonnais, qui vous traversait jusqu'aux os ; mais, après notre galopade effrénée dans la montée Saint-Barthélemy, nous transpirions à grosses gouttes en arrivant sur le Toit aux Canuts où la bande, de plus en plus intriguée, se sépara.

Chapitre 6

L'homme au manteau gris

Le dimanche suivant, premier jour des vacances de Noël, je devais aller à l'hôpital avec Mady seulement. Nous avions décidé de ne pas nous y rendre tous ensemble au cas où on ne nous permettrait pas d'entrer trop nombreux. Deux autres camarades iraient à leur tour le lendemain et ainsi de suite, de sorte que le vieil ami aurait des visites tous les jours.

La foule était nombreuse dans les rues. Beaucoup de parents promenaient leurs enfants devant les vitrines alléchantes de Noël, illuminées en plein après-midi. A cause de cette gaieté sans doute, Mady et moi, nous nous sentions au contraire tout tristes dans ce trolleybus qui nous emmenait à l'autre bout de la grande ville. Il nous semblait que, cette année, Noël ne serait pas Noël. Kafi était perdu et notre vieil ami sur un lit d'hôpital.

Assis côte à côte sur la banquette, nous regardions d'un œil indifférent défiler maisons et boutiques. Nos pensées allaient vers l'aveugle. Comment allions-nous le trouver? Mme Lazergue, qui souffrait de rhumatismes et marchait péniblement, n'avait pu retourner le voir. Nous supposions que, même s'il allait mieux, il se faisait toujours beaucoup de soucis à cause de cette sourde menace qu'il croyait peser sur lui. Comment lui faire comprendre que ses craintes étaient exagérées?

Oui, comment, puisque, nous aussi, depuis la dernière visite de l'inconnu à la montée Saint-Barthélemy, nous ne savions plus que penser? Pourquoi, en effet, cet homme, qui n'avait voulu dire à Mme Lazergue ni son nom ni la raison de sa démarche, était-il revenu? Il savait pourtant que, la dernière fois, l'aveugle avait refusé de lui ouvrir. Qu'espérait-il donc? Etait-ce intentionnellement ou par hasard qu'il avait reparu juste au lendemain de l'accident?

Tandis que je pensais à tout cela, je tressaillais chaque fois qu'à travers les vitres de la voiture mon regard s'arrêtait sur un chien qui me rappelait Kafi. Cher Kafi! Non, de moins en moins je croyais qu'il avait été, ainsi que l'aveugle, victime d'un accident.

Enfin, après avoir suivi un long boulevard, le trolleybus s'arrêta et presque tous ses passagers descendirent. Beaucoup portaient de petits paquets ou des fleurs. Ils venaient également voir un parent ou un ami malade. Mady aussi apportait des fleurs, six beaux œillets achetés sur ses économies. Quand elle m'avait rejoint, tout à l'heure, à l'arrêt de l'autobus, je n'avais pu m'empêcher de remarquer que des fleurs, pour un aveugle, n'étaient peut-être pas très indiquées.

« Oh! m'avait-elle répondu, il n'y a pas que la vue, sens leur parfum... et on dit que les aveugles aiment être traités comme s'ils voyaient. »

Je n'étais encore jamais venu dans ce quartier éloigné de la Croix-Rousse. Cet immense hôpital, formé de bâtiments séparés, constituait une véritable cité. Heureusement, Mme Lazergue nous avait renseignés. Le pavillon où était soigné notre ami se trouvait au fond, à gauche. Un employé nous indiqua la salle, au bout d'un long couloir.

C'était une petite salle de huit lits seulement. Je reconnus aussitôt l'aveugle à ses lunettes noires. Immobile sur son lit, il semblait dormir alors que les autres malades, adossés à leur oreiller, lisaient ou bavardaient avec des visiteurs. Mady passa devant moi et s'approcha doucement.

« C'est Tidou et Mady qui viennent vous voir », fit-elle à mi-voix, de crainte de l'éveiller trop brusquement.

Mais il ne dormait pas. Aussitôt il se redressa.

« Ah! vous êtes là, mes enfants! C'est gentil de rendre visite à votre pauvre ami. »

Il me tendit la main. Mady se pencha pour l'embrasser, et, dans ce geste, le papier qui enveloppait les œillets effleura le bras du malade.

« Oh! s'exclama-t-il, des fleurs! vous m'avez apporté des fleurs! Laissez-moi les toucher,... des œillets! »

Il les sentit.

« A leur parfum, je crois deviner des œillets rouges, non, je ne me trompe pas, des œillets rouges ; le rouge est une si belle couleur, n'est-ce pas ? »

Mady me regarda avec un petit sourire qui disait : « Tu vois, j'avais raison, il parle des choses comme s'il les voyait. »

Puis elle demanda comment il se sentait.

« Mieux, dit-il, mais j'ai bien souffert les deux premiers jours. Je pouvais à peine respirer. Chaque fois que je soulevais ma poitrine, la douleur me coupait le souffle. Le docteur a promis de ne pas me garder très longtemps ; d'ailleurs, vous voyez, je peux bouger à présent. »

Il expliqua comment l'accident était arrivé, stupidement, comme l'autre fois. Il avait cru qu'une voiture fonçait sur lui, et il avait reculé. Un jeune homme, qui roulait pourtant lentement sur son cyclomoteur, l'avait accroché.

« Ah ! mes enfants, depuis la mort de mon pauvre Briquet, la malchance s'acharne sur moi... et sur vous aussi puisque, par ma faute, vous avez perdu votre chien. »

Il se tut, le bas de son visage se contracta. D'une voix changée, il ajouta :

« Ne croyez surtout pas que je me monte la tête, que je me fais des idées stupides. Voyez-vous, tout ce qui m'arrive, c'est à cause de l'homme qui est venu chez moi. La nuit, quand je m'éveille, je pense à lui, j'entends encore sa voix, cette voix qui le trahissait. Alors il me semble que, pendant mon absence, il revient rôder là-bas, toujours à cause de mon piano, mais je ne veux pas. Que deviendrais-je sans mon piano ? Je le garderai jusqu'à ma mort. »

Ses poings se serrèrent dans un geste de défense. Mady essaya de le calmer :

« Vous savez bien que l'on ne peut pas rentrer chez vous, Mme Lazergue conserve les clefs et ne les donne à personne. »

Je lui fis signe de ne pas parler de la nouvelle visite de l'inconnu, mais elle avait compris ; il ne fallait pas aggraver l'angoisse de l'aveugle. D'ailleurs, à ce moment, l'infirmière qui le soignait s'approcha du lit. Elle était jeune avec un visage tout rond et sympathique. Elle se mêla à la conversation. Elle aussi avait pris notre vieil ami en affection et s'occupait particulièrement de lui.

« Voyez, monsieur Vauquelin, dit-elle en plaisantant, vous aussi vous avez vos visites, aujourd'hui dimanche. Pourquoi prétendez-vous être un vieil ours mal léché qui n'intéresse personne ? »

Puis se tournant vers nous :

« M. Vauquelin manque un peu de distraction. L'hôpital ne possède pas, en ce moment, de livres écrits en braille... et, malheureusement, les transistors sont interdits dans les salles ; je lui aurais prêté le mien. »

Gentiment, elle lui demanda s'il avait besoin de ses services, arrangea son oreiller et s'éloigna.

Alors Mady reprit la conversation en évitant d'aborder ce qui le tracassait. Le seul sujet capable de vraiment le distraire de ses pensées était la musique. Il connaissait une foule de choses sur les grands musiciens et nous parlait d'eux comme s'il les avait connus. Il se laissa prendre au jeu et nous raconta la vie de Chopin, promenant de temps à autre ses doigts sur le drap, comme pour pianoter. Cependant, bientôt son visage se referma et sa voix perdit de l'assurance.

Le temps passait, il fallait le quitter. Je dis que Corget et Gnafron avaient l'intention de venir le lendemain et que, s'il avait besoin de quelque chose, mes camarades pourraient faire la commission.

« Je veux bien, approuva-t-il. Si tu as le temps, tu passeras voir Mme Lazergue, elle te donnera les clefs, et tu prendras chez moi un gros livre sur une étagère, près du poêle. C'est un ouvrage sur Beethoven, transcrit en braille, mais, tu verras, le titre est aussi imprimé en écriture ordinaire. J'aimerais le relire. »

Je promis d'aller chercher l'ouvrage et de le remettre à Gnafron. Encore une fois, il nous remercia avec reconnaissance pour cette longue visite qui, dit-il, avait un peu chassé ses tristes idées, mais, quand il prit nos mains et les serra, les siennes tremblaient.

« Tu vois, Tidou, fit Mady tandis que nous nous éloignions, il croit de plus en plus à une menace de l'homme au manteau gris. Mon Dieu, qu'il guérisse vite et puisse rentrer chez lui pour s'assurer que tout est resté en ordre ! »

Nous suivions le couloir, quand, par hasard, l'infirmière de notre vieil ami sortit d'une salle, juste devant nous. Elle nous reconnut, sourit aimablement et s'en alla, un plateau à pansements dans les mains. Mais à peine avait-elle fait quelques pas qu'elle revint vers nous.

« Si vous le pouvez, fit-elle, revenez voir M. Vauquelin. On le dirait accablé de graves soucis. Il lui faudrait plus de distraction. Dommage que la personne qui est venue hier prendre de ses nouvelles n'ait pas voulu entrer. »

Malgré moi, je lançai à Mady un regard étonné. De qui s'agissait-il ? Certainement pas de Mme Lazergue, elle n'était venue que le lendemain de l'accident. Lisant sur le visage de Mady la même interrogation, l'infirmière ajouta :

« Oui, un monsieur en pardessus gris. Il a beaucoup insisté pour connaître l'état de M. Vauquelin, mais n'a pas voulu pénétrer dans la salle. Il m'a même recommandé de ne pas parler de sa visite, je ne sais pourquoi. »

Mady retint une exclamation. Essayant de cacher mon propre trouble, je complétai le portrait :

« Un homme de petite taille, n'est-ce pas ? à la voix légèrement nasillarde ?

— Vous le connaissez ?

— C'est-à-dire...

— Si je vous en parle c'est que, à vrai dire, son attitude m'a paru un peu bizarre. Au lieu de se réjouir en apprenant que M. Vauquelin était hors de danger, il a pris un air plutôt ennuyé.

— En effet, fit vivement Mady, c'est un homme bizarre, mieux vaut que notre vieil ami ne l'ait pas vu... et que vous ne lui parliez pas de cette visite. »

Par discrétion, ou simplement parce qu'elle était pressée, l'infirmière n'insista pas et s'éloigna. Quelques instants plus tard, nous franchissions la porte du pavillon. Mady était toute pâle... et je devais l'être aussi. Ainsi, après avoir en vain frappé à la porte de M. Vauquelin, le mystérieux marchand de pianos était venu jusqu'à l'hôpital! Il avait refusé de pénétrer dans la salle, mais avait longuement questionné l'infirmière et surtout, oui, surtout, il n'avait pu cacher sa déception en apprenant que notre ami était hors de danger. Les craintes de M. Vauquelin n'étaient donc pas imaginaires?

Durant le trajet du retour, toujours sous le coup de l'émotion, nous faillîmes oublier de changer de trolleybus sur la place Bellecour.

Nos camarades nous attendaient, comme convenu, dans la caverne de la rampe des Pirates; ils restèrent abasourdis. Ainsi, l'homme au manteau gris paraissait vraiment dangereux. Nous devions savoir qui il était, où il vivait. Aurions-nous la chance de le retrouver sur notre chemin? Reviendrait-il chez l'aveugle, à l'hôpital? C'était peu probable, du moins pas avant un certain temps.

« Son signalement est assez vague, dit Bistèque, à part le pardessus gris, à col de fourrure... Il n'a d'ailleurs probablement pas qu'un manteau.

— Interrogeons les gens de l'immeuble, proposa la Guille. Les chiffonniers le connaissent peut-être. »

Gnafron hocha la tête :

« Ce sera difficile, ces chiffonniers nous regardent d'un mauvais œil... Quant aux gamins, ils ont toujours l'air de se moquer de nous. »

Il était tard quand la bande se sépara, trop

tard pour que j'aie le temps d'aller chercher le gros livre sur Beethoven. Je promis à Gnafron de le lui apporter, sans faute, le lendemain matin. Lorsque je lui serrai la main, au coin de la rue, j'étais loin de me douter de ce qui m'attendait en allant faire cette course.

Chapitre 7

Rendez-vous dans un parapluie

Cette nuit-là, je rêvai de l'homme au pardessus gris. Je le voyais avec Kafi. Il tenait mon chien en laisse et le tirait pour l'emmener chez lui. Kafi refusait de le suivre ; alors, furieux, l'homme le frappait de toutes ses forces. Kafi aboyait et bondissait pour mordre son ravisseur, mais chaque fois, d'un brusque écart, l'homme esquivait l'assaut.

Ce cauchemar me hantait encore le matin, tandis que je me préparais pour aller prendre le livre chez l'aveugle. C'était la veille de Noël ; il avait plu toute la nuit et le temps demeurait menaçant. Maman s'étonna de me voir sortir au risque de me faire surprendre par une averse.

« Tu sais bien, Tidou, que je suis en train de réparer l'imperméable que tu as déchiré aux poches. Il ne sera pas prêt avant cet après-midi. »

J'expliquai que je devais aller à Fourvière, chez l'aveugle, chercher un livre que Gnafron lui apporterait à l'hôpital.

«Alors, prends le vieux parapluie de ton père; il n'est pas en bon état, il te protégera tout de même.»

J'avais horreur des parapluies; je trouvais ces instruments encombrants, démodés, celui-là surtout, de taille respectable, avec une grosse poignée recourbée. Pour tout dire, il me faisait un peu honte, mais je n'avais pas le choix.

Heureusement, j'eus à peine à m'en servir. Arrivé au bas de la rue de la Petite-Lune, je le refermai... Encore fallait-il le porter!

Je ne sais pourquoi, c'est avec un peu d'appréhension que j'abordai la montée Saint-Barthélemy. Cette cour me déplaisait de plus en plus. On ne savait jamais qui on allait y rencontrer. Je la trouvai plus encombrée que jamais de sacs, de paquets, d'ustensiles de toutes sortes. Ravis de ce déballage, des gamins, insouciants de la pluie, jouaient à cache-cache. Eux aussi étaient peu sympathiques. Pour éviter leurs railleries, je traversai discrètement la cour en essayant de passer inaperçu.

Soudain, au moment où j'allais pénétrer dans le couloir du bas, je tressaillis. Il me sembla avoir entendu aboyer un chien. Depuis que j'avais perdu Kafi c'était ainsi, je sursautais au moindre aboiement. Je revins sur mes pas. Les gamins se cachèrent derrière les sacs en étouffant des rires. Avaient-ils imité la voix d'un chien pour s'amuser de moi? Malgré tout, j'entrepris de fouiller la cour, déplaçant des caisses et des paquets. Bien entendu, il n'y avait rien. Les garnements continuaient de ricaner. J'en saisis un par le bras, le priant de dire s'il savait où était Kafi. Il se débattit. Aux cris poussés par la bande, un chiffonnier apparut, le grand frisé, celui qui nous lançait toujours des regards furibonds et que, quelques jours plus tôt, j'avais vu gifler méchamment un de ces gamins.

Je m'éloignai prudemment. Au bas de l'escalier, toujours encombré de mon vieux parapluie, je déposai l'antique instrument contre le mur du couloir et grimpai chez Mme Lazergue, qui s'étonna de mon air effaré. Je contai la scène de la cour, demandant si, par hasard, elle-même n'aurait pas entendu aboyer un chien.

« Non, dit-elle, comme tous les matins, je suis sortie chercher mon pain et mon lait ; ni à l'aller ni au retour je n'ai rien entendu dans la cour. Ces garçons ont voulu se moquer de toi. Ils n'épargnent personne, même pas une pauvre femme comme moi. Tu penses! si ton chien était là, il aurait bondi en entendant ta voix. »

J'oubliai l'incident et racontai ma visite à l'hôpital en passant sous silence l'homme au manteau gris, puisqu'elle n'était pas au courant.

Puis je demandai la clef pour monter chercher le livre. Il était à l'endroit indiqué, sur l'étagère. Je profitai de cette visite pour inspecter la pièce. Apparemment, rien n'avait été dérangé depuis le départ de l'aveugle. En tout cas, le beau piano de Franz Liszt dormait toujours sous sa housse, tel qu'il l'avait laissé.

La clef rendue, je redescendis l'escalier, un peu inquiet à la pensée d'avoir à retraverser la cour devant les gamins et le chiffonnier. Je faillis en oublier mon parapluie dans le couloir. Je dus revenir sur mes pas pour le prendre. Les gamins avaient disparu, chassés par l'averse tombée pendant que j'étais là-haut. J'appelai une dernière fois mon chien. Puis, mon gros livre sous un bras, mon parapluie accroché à l'autre, je m'éloignai le cœur lourd.

Au moment où je débouchais sur les quais, à la hauteur du pont Saint-Vincent, la pluie redoubla, si violente cette fois que je dus ouvrir mon parapluie. J'achevais de le déployer quand un bout de papier qui devait se trouver dedans s'en échappa et tomba à mes pieds. Je n'y fis pas attention, pensant que mon petit frère, un jour, s'était amusé à le glisser dans les plis de la toile, mais, brusquement, je me souvins d'avoir déjà ouvert le parapluie, tout à l'heure, en partant de chez moi. Par conséquent, si le bout de papier s'y trouvait déjà, il serait tombé à ce moment-là.

Revenant sur mes pas, je le ramassai. C'était un morceau de papier journal ; dans la partie blanche de la marge, une main avait tracé ces mots, en travers, au crayon :

« Vient se soir dans l'impace. »

L'écriture était celle d'un enfant, d'un enfant pas très fort en orthographe puisqu'il avait fait trois grosses fautes. Griffonnés rapidement, les mots étaient à peine lisibles ; à deux endroits, le crayon avait même percé le papier. Aucun doute, ce message avait été déposé dans mon parapluie au moment où je l'avais abandonné au bas de l'escalier.

Sous l'averse qui tombait dru, je le relus plusieurs fois, cherchant à comprendre. Qui l'avait écrit ? Un des gamins de la « cour des miracles » ? Pourquoi me demandait-on de venir ce soir ? Je pliai le bout de journal et hâtai le pas pour me rendre chez Gnafron.

Il était seul chez lui, comme presque toujours d'ailleurs, puisque sa mère travaillait dans une usine. Il m'attendait, commençant à se demander si je n'avais pas oublié la commission de l'aveugle. Je sortis le bout de papier.

« J'ai trouvé ça, glissé dans mon parapluie que j'avais laissé au bas de l'escalier en montant chez Mme Lazergue. »

Gnafron ouvrit des yeux ronds et lut.

« Tu es sûr que ce papier a été caché là pendant que tu étais là-haut ?

— Absolument sûr.

— C'est une écriture de gone, et il y a des fautes. Pourtant, ça ne vient pas des gamins de la cour, ils ne nous parlent jamais... ou alors ils veulent te tendre un piège.

— C'est ce que je me suis dit. »

Gnafron prit un air grave et passa nerveusement ses doigts dans ses cheveux embroussaillés.

« Bizarre ! fit-il, bizarre ! Il faut réunir les copains avant que Corget et moi ne partions pour l'hôpital.

— Je n'ai pas le temps de les prévenir, il est presque midi, il faut que je rentre.

— Ne t'inquiète pas, je m'en occupe. C'est la veille de Noël, ma mère ne travaille pas à l'usine cet après-midi, mais elle ne rentrera qu'à une heure, elle m'a même demandé de faire la cuisine ; tu penses ! des escalopes et des frites, c'est vite fait. Compte sur moi, je vais avertir les

Compagnons. A cette heure-là, je suis sûr de les trouver chez eux ; je tâcherai aussi de monter jusque chez Mady. Rendez-vous à deux heures moins le quart à la caverne. »

Je repartis sous l'averse, courant si vite que mon parapluie se retourna deux fois à cause du vent. Pendant le repas, je répétai, dans ma tête, les mots de cet étrange message comme si j'avais peur de les oublier. Mes lèvres devaient remuer, car mon père me regarda en fronçant les sourcils et me demanda ce que je marmonnais.

Bien avant l'heure du rendez-vous, j'étais à la caverne. L'un après l'autre, les Compagnons m'y rejoignirent. Gnafron arriva le dernier, congestionné pour avoir avalé son repas en cinq minutes. Devant la bande au complet, je refis le récit de l'incident dans la cour des miracles, celui de ma découverte du billet. Aucun doute, le papier avait été mis dans mon parapluie par les gamins qui se moquaient de nous. Mais que me voulaient-ils? Le Tondu, la Guille et moi n'avions aucune idée précise. Pour Corget, Gnafron et Bistèque, ce rendez-vous cachait un piège. Les gones s'étaient payé ma tête ; ils voulaient continuer en me jouant un mauvais tour.

« Moi, remarqua Corget, ce qui m'inquiète c'est qu'ils t'ont donné rendez-vous dans l'impasse. Pourquoi l'impasse? »

Cette impasse, un endroit sinistre, se situait dans la montée Saint-Barthélemy peu avant d'arriver à la maison de l'aveugle. En réalité, ce n'était pas une véritable impasse mais une sorte de terrain vague à l'emplacement d'une maison effondrée lors du glissement de terrain et qu'on n'avait jamais reconstruite.

« Ils voudraient t'attirer dans une embuscade, dit Gnafron, que ça ne me surprendrait pas. »

Cependant, Mady ne partageait pas cet avis.

« Les gamins de la cour se moquent de nous, fit-elle, mais ils se moquent aussi de tout le monde. Ça ne signifie pas grand-chose. Ils ne sont peut-être pas plus méchants que d'autres. Pourtant, il faut savoir ce qu'ils veulent à Tidou. »

Là-dessus, tout le monde était d'accord. Le mystère du billet devait être éclairci. Un plan de conduite fut établi. Dès la tombée de la nuit, je me rendrais seul dans l'impasse, tandis que les autres Compagnons suivraient à distance et feraient le guet, prêts à intervenir si les choses tournaient mal. Seule, Mady ne ferait pas partie de l'expédition. Ce n'était pas la place d'une fille. Nous ne voulions pas la voir mêlée à une bagarre. Cependant, elle insista vivement, disant qu'elle n'avait pas peur et que, d'ailleurs, il ne se passerait rien. Corget fut inflexible.

« Non, Mady, pas ce soir. Sois tranquille, l'affaire n'est pas finie, nous aurons besoin de toi. »

Rendez-vous fut pris, pour cinq heures, au bout du pont Saint-Vincent. Gnafron et Corget, au retour de l'hôpital, nous y rejoindraient.

En attendant, je rentrai chez moi ; maman devait sortir faire quelques achats de victuailles pour Noël ; elle n'aimait pas laisser longtemps seul mon petit frère Géo. Je n'avais qu'une crainte ; qu'elle s'attarde trop dans les magasins pleins de monde. Non, à quatre heures et demie elle était de retour. Je pris mon imperméable réparé et sortis. Il ne pleuvait plus, mais le temps restait couvert. Sur les quais de la Saône, la nuit tombait déjà. La Guille et Bistèque battaient la semelle sur le trottoir. Le Tondu nous rejoignit presque aussitôt. Corget et Gnafron n'étaient pas encore revenus de Grange-Blanche. Ils apparurent à cinq heures vingt, suant, soufflant d'avoir couru sans arrêt depuis leur descente du trolleybus. Ils avaient trouvé notre vieil ami toujours inquiet, ayant hâte de quitter l'hôpital pour rentrer chez lui.

Je m'éloignai donc seul et m'engageai dans la montée Saint-Barthélemy, plus animée qu'un soir ordinaire. Des ménagères allaient et venaient, des paniers de provisions pleins à craquer pendus au bras. L'impasse, elle, était déserte. Je m'avançai prudemment, sans crainte, sachant mes camarades prêts à accourir si j'avais besoin de leur aide. Par précaution, j'avais emporté mon sifflet, celui qui me servait autrefois à appeler Kafi quand j'habitais à la campagne.

Pour toute lumière, l'impasse recevait celle d'un lampadaire de la rue, mais ce lampadaire n'était pas placé en face, de sorte que l'impasse restait noyée d'ombre. Je m'avançai dans cette ombre, m'appuyai à un mur. Des gens montaient et descendaient la rue, cependant, parmi eux, peu d'enfants, aucun des gamins de la cour. Le message indiquait « ce soir ». C'était assez vague. De toute façon, je devais être rentré à la maison pour huit heures et les autres Compagnons aussi. Et puis, ce prétendu rendez-vous était-il fixé par la bande entière des gamins de la cour ou par un seul ?

Une demi-heure s'écoula. La pluie s'était encore remise à tomber, une petite pluie fine et glacée. Je relevai le capuchon de mon imperméable.

Six heures et demie sonnèrent à un clocher. Je commençai à croire qu'il s'agissait d'une stupide plaisanterie, que les gones embusqués quelque part riaient tout bas de me voir ainsi planté sous la pluie. Pourtant, quelque chose, en moi, me disait de rester. Si ces gamins avaient voulu m'attirer, ils auraient donné une raison à ce rendez-vous, une fausse raison bien entendu, mais un motif. Par exemple : me parler de mon chien puisqu'ils savaient que je le cherchais partout.

Les pieds glacés, je faisais les cent pas le long du mur, quand, à l'angle de l'impasse, une petite silhouette apparut. Hésitante, elle regardait à droite, à gauche, prête à rebrousser chemin. Elle était seule. Je sortis de l'ombre, et, pour me faire reconnaître, abaissai le capuchon de mon imperméable. Le gamin m'aperçut et s'arrêta. Constatant que j'étais seul, il fit quelques pas dans ma direction. Il pouvait avoir dix ou onze ans. C'était certainement un des gones de la cour, mais lequel ? Il portait une sorte de pèlerine noire, comme on n'en voit plus guère ; le capuchon, rabattu sur ses yeux, ne me permettait pas de distinguer son visage. Avait-il pris soin de l'enfoncer ainsi pour ne pas se faire reconnaître ? Très vite, je dis :

« Pourquoi m'as-tu demandé de venir ? »

Il jeta un coup d'œil à la ronde, inquiet.

« Viens par ici ! »

Il m'entraîna dans l'ombre, contre le mur où j'étais appuyé quelques instants plus tôt.

« Je ne voudrais pas qu'on me voie, en train de te parler..., tu comprends, à cause des autres ; ils ne savent pas.

— Tu as quelque chose à me dire ?

— C'est à cause de ton chien. Ce matin, j'ai vu que tu avais du chagrin de l'avoir perdu.

— Tu étais dans la cour avec les autres ?

— Je m'amusais avec eux. Quand le plus grand s'est mis à aboyer pour voir ce que tu ferais, j'ai fait semblant de rire, comme lui, mais ça m'a fait de la peine. Moi aussi j'aime les bêtes, j'ai une pie apprivoisée et un petit chat. Le petit chat surtout, je ne voudrais pas qu'on me le prenne.

— On a donc pris mon chien ? »

Il me regarda, étonné.

« Tu le savais ?

— Je ne pouvais pas croire que mon chien était mort... ni celui de l'aveugle. »

La gorge serrée, j'ajoutai, très vite :

« Tu sais où ils sont ? »

Le gone baissa la tête. Ce silence était un aveu.

« Allons, dis-moi, où sont-ils ? »

Le gamin hésita. Il regarda encore, à droite, à gauche, pour s'assurer que nous étions seuls.

« Pour ton chien à toi, je ne peux pas dire, mais, l'autre, Briquet, c'est l'oncle de Tonin qui l'a emporté dans sa camionnette.

— Tonin ?

— Un gone de la cour, un plus petit que moi. Son oncle le bat souvent, même quand il n'a rien fait. Tu le connais sûrement, son oncle, il est tout le temps dans la cour. Il a une moustache rousse et des cheveux frisés. On l'appelle même le Frisé. »

Le portrait qu'il faisait était celui de l'homme qui nous lançait de si mauvais regards quand nous traversions la cour.

« Tu veux dire que l'oncle de Tonin a emporté Briquet ?

— Pour le vendre ?

— Probable !

— Pourtant, le chien de l'aveugle était boiteux.

— Je sais, il l'a emporté quand même. Ça s'est passé un matin. C'est Tonin qui me l'a raconté en me disant de ne pas le répéter. Tonin était en train de jouer dans l'ancienne écurie au fond de la cour, là où son oncle range sa vieille camionnette jaune. Il s'amusait derrière un tas de planches. Son oncle a appelé Briquet et l'a attiré dans la remise en lui montrant des morceaux de sucre. Le chien ne s'est pas méfié. Il l'a fait monter dans la camionnette et a démarré aussitôt. Le Frisé n'est pas resté longtemps absent. A midi, à table, il a dit qu'il était monté faire une course, derrière la basilique de Fourvière.

— Et Kafi ? Le Frisé l'a aussi emmené ?

— Probablement, Tonin n'a rien vu, mais un matin, comme l'aveugle appelait ton chien dans la cour, il s'est souvenu d'avoir entendu, quelques instants plus tôt, la camionnette démarrer. Cette fois-là non plus le Frisé n'est pas allé très loin, et, à son retour, une manche de sa veste était déchirée et son bras écorché. Il a dit qu'il s'était blessé avec un clou en déchargeant une caisse ; moi, je crois, comme Tonin, que ton chien l'avait mordu. »

Le gamin s'arrêta et me saisit le poignet.

« Dis ! tu ne raconteras ça à personne ? Oh ! pas pour moi, je m'en moque, mais pour Tonin ! Il serait encore battu.

— Sois tranquille !

— Si par hasard tu retrouvais ton chien et celui de l'aveugle, il ne faut pas qu'on les revoie dans la cour.

— Je te le promets.

— Et puis, ajouta encore le gone, inquiet, quand tu repasseras dans la cour, il ne faut pas non plus que tu aies l'air de me connaître, à cause de mes copains. »

Je jurai également de l'ignorer, ce qui serait facile puisque j'avais à peine distingué son visage.

Là-dessus, il se sauva comme un voleur et disparut.

Chapitre 8

Le jour de Noël

Depuis longtemps, bien sûr, je ne croyais plus au Père Noël. Cependant, la veille au soir, j'avais mis, moi aussi, mes chaussures dans la cheminée à cause de mon petit frère qui, lui, y croyait encore.

Le matin, en s'éveillant, il trouva près de ses souliers le bulldozer mécanique dont il rêvait, et moi le pull-over de sport que maman avait tricoté en cachette mais que j'avais aperçu dans sa corbeille à ouvrage. Dans chaque paire de souliers il y avait également un paquet de papillotes et de pralines qui firent bondir de joie mon petit frère Géo.

Ma vraie joie, à moi, n'était pas dans mes souliers. Elle se cachait au fond de mon cœur. C'était l'espoir de retrouver Kafi.

La veille au soir, en quittant l'impasse, j'avais couru sur la place Saint-Paul retrouver mes camarades, et, tous réunis, nous avions longuement discuté des révélations du gamin. Comme moi, les Compagnons en avaient déduit que Briquet et Kafi étaient probablement vivants. Seule nous échappait la raison qui avait poussé le chiffonnier à se débarrasser d'eux. Détestait-il les chiens au point de ne pouvoir supporter leur présence dans la cour des miracles ? Les avait-il vendus pour en tirer de l'argent ?

« Tu dis, m'avait fait répéter Corget, qu'il les aurait emportés dans sa camionnette ?

— Oui, du côté de Fourvière, et il ne s'était pas absenté longtemps ni la première fois ni la seconde, à croire qu'il était allé au même endroit. »

Une idée avait traversé l'esprit de Gnafron. Il s'était brusquement souvenu que, deux ans plus tôt, avec son oncle, il était monté un jour se promener dans les petits chemins, derrière la basilique. Au moment où ils longeaient un mur, ils avaient entendu des aboiements. Grimpé sur le mur, il avait aperçu un grand espace entouré de grillages où de nombreux chiens se battaient dans des enclos. Son oncle lui avait expliqué qu'il s'agissait probablement d'un chenil, c'est-à-dire du parc d'un marchand de chiens.

« Je suis sûr, Tidou, que l'homme les a conduits là pour les vendre, ainsi que je le disais. »

Ce matin de Noël, donc, mon cœur était plein de cet espoir. Il me semblait qu'un aussi beau jour ne pourrait se passer sans m'apporter la seule chose qui me rendrait ma joie : le retour de Kafi. Gnafron avait promis de m'accompagner là-haut, à Fourvière ; cependant, il m'avait prévenu. Sa mère, qui travaillait dans une usine, ne sortait jamais le soir, mais, la veille de Noël, c'était une tradition, il l'accompagnait à la messe de minuit, et, naturellement, se couchait tard. Le lendemain, il ne serait sûrement pas éveillé avant dix heures.

« D'ailleurs, avait-il ajouté, un matin de Noël, tu penses, le marchand de chiens, lui non plus, ne sera pas debout de bonne heure... Une chance, même, si nous le trouvons chez lui. »

Ainsi, nous avions décidé de monter là-haut l'après-midi seulement. Il viendrait me prendre rue de la Petite-Lune vers deux heures. Ah! qu'elle fut longue cette matinée! Croyant que j'attendais avec impatience le bon menu qu'elle avait préparé, maman s'écria en riant :

« Est-ce possible, Tidou, deviendrais-tu gourmand à ce point ? »

Car je n'avais rien dit de ce qui s'était passé la veille. Je voulais d'abord avoir la certitude de retrouver Kafi vivant.

En attendant, je sortis pour voir Mady qui devait bouillir d'impatience, se demandant ce qui s'était passé la veille dans l'impasse. Je la rencontrai au bas de sa rue ; elle rentrait de l'office avec sa mère, qu'elle laissa s'éloigner pour me questionner avidement.

« Tu vois, fit-elle, tous les gamins de cette cour ne sont pas des voyous. »

Et d'ajouter :

« Moi aussi, je crois que Briquet et Kafi sont vivants. Cet après-midi, mes parents iront, comme tous les ans à Noël, faire une visite à une vieille cousine ; ils ne m'obligeront pas à les accompagner. Viens me chercher, j'irai avec vous. »

A midi, à table, j'étais si préoccupé que je fis

à peine attention à ce que je mangeais. Pauvre maman! Elle avait pourtant composé un délicieux menu provençal, avec une salade de tomates aux anchois et une pintade bourrée d'olives noires, que j'aimais tant.

A deux heures, Gnafron était là. Il venait de rencontrer le Tondu, la Guille et Bistèque, sur leur «trente et un». Ils partaient voir notre vieil ami qu'on ne voulait pas laisser seul un jour de Noël.

Mady était prête quand on passa rue des Hautes-Buttes. Malgré son impatience, elle pensa à nous faire admirer la montre-bracelet offerte par sa grand-mère. Après la pluie de la veille, le temps s'était dégagé mais rafraîchi. Très peu de monde circulait dans les rues. Les Lyonnais aiment les plaisirs de la table. Ils passaient tranquillement chez eux, en famille, cet après-midi de fête. Je commençais à me demander si vraiment, un pareil jour, le chenil serait ouvert.

«Tant pis, fit Mady, nous aurons peut-être la chance d'apercevoir les chiens par-dessus le mur. Ne perdons pas de temps, je dois être rentrée pour cinq heures, avant la nuit.»

Sur les quais de la Saône, Gnafron indiqua une montée, qui, d'après lui, était un raccourci pour grimper à Fourvière. Mais, arrivé là-haut, il ne se souvint plus très bien de l'endroit où il avait aperçu le chenil. Fallait-il prendre le chemin à droite? celui qui montait à gauche? Il ne revoyait que le mur. Aucun passant ne put nous renseigner. D'ailleurs, même en tendant l'oreille, on n'entendait aucun chien aboyer dans les environs.

« Pourtant, j'en suis sûr, c'était par ici, s'entêtait Gnafron, un mur plus haut que moi et très long, avec des brèches par endroits. Je m'en souviens comme si c'était hier. »

Nous déambulions au hasard depuis une demi-heure, nous demandant si Gnafron n'avait pas rêvé, quand Mady tendit le doigt vers un terrain vague où s'élevaient par-ci, par-là, de petites cabanes. C'était le chenil, séparé du chemin par une simple palissade grillagée qui, depuis deux ans, avait sans doute remplacé le mur écroulé. Impossible d'approcher les chiens, parqués loin de la palissade dans de petits enclos, mais à l'entrée de la propriété s'élevait un pavillon en briques, certainement la maison du marchand.

« Toi, Mady, frappe à la porte, fit Gnafron, les filles sont toujours mieux reçues que les garçons. »

Un homme apparut, le visage congestionné, serviette à la main, l'air fâché de quelqu'un qu'on dérange en plein repas.

« Que voulez-vous ?

— C'est... c'est à cause d'un chien !

— Un chien ! Vous vous imaginez que le chenil est ouvert, le jour de Noël ?

— Un chien qui a été volé ; il est peut-être ici... il y en a même deux.

— Comment ? des chiens volés ? Qu'est-ce que cette histoire ? C'est bien le jour de venir me raconter ça. »

Il referma la porte brutalement, mais, réflexion faite, la rouvrit. Etait-ce parce que c'était Noël, ou que nous avions tous trois des mines pitoyables ? Sa voix s'adoucit.

« Voyons ! que voulez-vous, au juste ?

— Nous cherchons deux chiens-loups qui ont disparu, celui d'un aveugle et le mien. Nous supposons qu'ils ont été amenés ici.

— Quand?

— Le premier, il y a quatre semaines, le mien, il n'y a qu'une dizaine de jours.»

L'homme se frotta le menton.

«Bon! patientez un tout petit instant, le temps de boire mon café et je reviens.»

Le tout petit instant dura une bonne demi-heure. Nous commencions à désespérer de voir l'homme reparaître, quand la porte se rouvrit. Il avait endossé une longue blouse grise, celle qu'il passait sans doute pour soigner ses animaux.

«Voyons, fit-il, des chiens qui auraient été volés? vous êtes sûrs?... volés par qui? Comment voulez-vous que je sache, voyons, si les chiens qu'on m'amène ont été volés? Je ne peux tout de même pas demander aux clients des certificats de propriété! Où irions-nous, mes pauvres enfants? Voyons, comment étaient-ils, ces chiens?»

Si nous n'avions été aussi inquiets nous aurions ri de sa façon de placer des «voyons» partout dans ses phrases. Mady parla d'abord de Briquet, disparu depuis plus longtemps, facilement reconnaissable à sa patte blessée.

«Ah! s'écria le bonhomme, un chien-loup qui boite! J'ai votre affaire, suivez-moi.»

Il se dirigea vers un enclos où quatre ou cinq chiens se serraient les uns contre les autres pour se tenir chaud.

«Celui-ci, n'est-ce pas? fit le marchand.

— C'est que... nous ne l'avons jamais vu,

avoua Mady, nous ne connaissons que son nom, il s'appelle Briquet. »

A peine eut-elle prononcé ce mot qu'un des chiens se leva et s'approcha en boitillant. C'était celui de l'aveugle. Il ressemblait un peu à Kafi, en effet, moins beau cependant, et de plus petite taille. Mady étendit le bras par-dessus le grillage. Briquet leva la tête pour être caressé. Il avait un bon regard intelligent et doux. Je demandai au marchand :

« L'homme qui vous l'a amené était grand, n'est-ce pas ?... avec des cheveux roux frisés ?

— Exact ! Il a beaucoup insisté pour que je le garde, disant que c'était un chien errant qui rôdait sans cesse dans sa cour et l'agaçait. Je ne le voulais pas. Voyons, vous comprenez, comment revendre un animal à demi estropié ? L'homme a dit que si je ne le gardais pas, il allait tout droit le jeter dans la Saône pour s'en débarrasser. Ce chien avait une bonne tête intelligente, je me suis laissé attendrir. D'ailleurs, l'homme ne demandait même pas à être payé... Vous dites qu'il ne s'agissait pas d'un chien errant ?

— Il a été volé à un aveugle... et un autre aussi, beaucoup plus beau, par le même homme.

— Vous croyez ? Je ne me souviens pas d'avoir revu ce client... avec ce chien.

— Si, un gros chien-loup, avec le bout des pattes couleur de feu et une tache rousse sur le poitrail. Il portait un collier de cuir à petits clous dorés. »

Le marchand réfléchit.

« Voyons, voyons, fit-il en se grattant le menton, le bout des pattes roux, un collier à clous dorés, en effet. C'est ma femme qui l'a reçu; nous ne l'avons plus.

— Vous l'avez déjà vendu?

— Pensez donc, un si beau chien!»

Je ne pus retenir un cri d'indignation.

«C'était mon chien! mon chien à moi!»

Le marchand prit un air navré.

«Que voulez-vous, mes pauvres enfants, je ne pouvais pas savoir. D'ailleurs, qui me prouve qu'il était à vous?»

Je retins mes larmes à grand-peine.

«Mais la personne qui l'a acheté, vous la connaissez?... vous avez son adresse?

— Hélas! est-ce qu'on vous demande votre nom quand vous achetez une paire de chaussures ou une canne à pêche?»

Oh! comparer Kafi à un simple objet, c'était odieux!

«Tout ce que je peux vous dire, ajouta le marchand, c'est qu'il a été vendu samedi à un homme d'une quarantaine d'années, accompagné de sa femme, très élégants l'un et l'autre.

— Ils n'ont pas dit quel quartier de Lyon ils habitaient?

— Non, mais j'ai cru comprendre qu'ils voulaient un chien de garde; ils doivent donc vivre plutôt dans la banlieue.»

Il se frotta encore le menton, cherchant à se souvenir.

«Voyons! il me semble... oui, la femme voulait savoir s'il ne risquait pas de sauter pardessus le mur de la courette qui entoure la maison. Elle a expliqué qu'elle l'emmènerait pour sa promenade quotidienne autour de l'ancien fort ou dans le parc des sports, près de chez eux. C'est tout ce que je peux vous dire, peu de chose, comme vous voyez. »

Puis, pressé d'abréger la scène :

« Prenez toujours celui-ci. Je vous le donne puisque personne n'en veut. »

Briquet semblait deviner que nous allions l'emmener. Il se tenait contre le grillage, le regard tourné vers nous. Quand le marchand ouvrit le portillon, il se précipita vers Mady, sans doute parce que, la première, elle avait prononcé son nom.

« Tenez, fit le marchand, voici une corde, il ne risquera pas de s'échapper. »

Il passa la corde au collier et tendit l'autre extrémité à Mady. On sentait qu'il avait hâte de nous voir partir. Peut-être inquiet, à cause de cette histoire de chiens volés, regrettait-il d'avoir trop parlé ; il nous reconduisit à la porte.

Heureux de sa liberté recouvrée, heureux surtout d'avoir de nouveau quelqu'un qui s'occupait de lui, Briquet battait de la queue, et, à chaque instant, se retournait, une lueur de reconnaissance dans les yeux. Il boitait, certes, mais pas d'une façon disgracieuse. En tout cas, pour nous, le pauvre Briquet n'en était que plus attachant. Mady ne cachait pas sa joie d'avoir retrouvé le guide de notre vieil ami. Moi aussi j'étais heureux, mais, je l'avoue, avec une pointe de jalousie qui me pinçait le cœur. Mady le comprit. Au bout du chemin, elle s'arrêta et me prit la main, sans rien dire, simplement pour me faire comprendre qu'elle partageait ma peine. Le soir tombait ; elle s'aperçut soudain qu'il était grand temps de redescendre et de rentrer chez elle.

«Je ne veux pas vous obliger à courir, dit-elle, laissez-moi partir seule avec Briquet. Je le garderai chez moi. Maman lui fera une bonne soupe avec les os du poulet que nous avons mangé à midi.»

Gnafron l'aurait volontiers accompagnée, mais moi je n'avais pas envie de rentrer. De l'endroit où nous étions, près de la basilique, nous dominions toute la ville. Je pensais que Kafi était peut-être sous un de ces innombrables toits et qu'il pleurait, à sa façon, de m'avoir perdu. Je répétai, tout bas, les paroles des gens qui l'avaient emmené. «Ils pourraient le promener autour de l'ancien fort ou dans le parc des sports très proches.»

Alors, brusquement, je serrai le bras de Gnafron.

«Ton plan?... as-tu ton plan?»

Gnafron se promenait toujours avec une vieille carte de Lyon et de la banlieue, une carte qui nous avait souvent servi dans nos expéditions. Par chance, bien qu'ayant mis son complet du dimanche, il l'avait emportée.

«Qu'espères-tu trouver? L'endroit où Kafi a été emmené?»

Il l'étala sur le sol; malheureusement le jour baissait. Il fallut se transporter plus loin, sous un lampadaire qui venait de s'allumer.

«Souviens-toi, Gnafron; la femme a dit au marchand qu'elle pourrait promener le chien, tout près, sur les anciennes fortifications ou le terrain de sport. Aide-moi à trouver l'endroit.»

A genoux, je scrutai la partie gauche de la

carte tandis que Gnafron cherchait sur celle de droite. Les anciens forts qui défendaient la ville, autrefois, étaient indiqués par de petites taches brunes cerclées de noir. Leur nombre m'impressionna. Jamais je n'aurais cru Lyon si bien protégé. Les parcs, squares et terrains de sport étaient, au contraire, indiqués en vert. Soudain, mon doigt s'immobilisa.

« Là, Gnafron, du brun et du vert côte à côte. »

Les deux petites taches étaient situées sur la colline de Sainte-Foy qui prolonge celle de Fourvière et domine, elle aussi, le cours de la Saône.

« J'en suis sûr, c'est là, à Sainte-Foy. En somme, regarde, pas très loin d'ici. Cela expliquerait pourquoi les gens qui ont emmené Kafi se sont adressés à ce chenil plutôt qu'à un autre. »

Gnafron, si débrouillard d'habitude, resta confondu et eut un sifflement d'admiration.

« Eh bien, mon vieux Tidou, pour une idée, c'est une idée! »

J'étais trop bouleversé par ma découverte pour apprécier le compliment. Le pouce et l'index écartés en compas, je mesurai la distance qui nous séparait de Sainte-Foy et l'estimai à trois kilomètres, tout au plus. Alors, je regardai ma montre.

« Cinq heures dix! Nous avons le temps! »

Un quart d'heure plus tôt, j'étais effondré. A présent, je me sentais des ailes; j'étais capable de faire le tour de Lyon s'il le fallait. Le temps de repérer sur la carte le chemin le plus court et nous voilà partis en courant.

Une demi-heure plus tard, nous arrivions à Sainte-Foy, une étrange banlieue faite de creux et de bosses où les grands immeubles modernes écrasaient de toute leur hauteur les petites maisons éparpillées sur la colline. Un chemin contournait entièrement l'ancienne forteresse au pied de laquelle, ainsi que l'indiquait la carte, était aménagé un terrain de sport. Bon nombre d'habitations possédaient des jardins ou des cours abrités par des murs. Je m'arrêtai devant chacune d'elles pour appeler Kafi, doucement d'abord, puis plus fort.

« Kafi !... Kafi ! »

Je m'enhardis même à sortir mon sifflet. Ce n'était qu'un sifflet ordinaire mais au son très aigu auquel Kafi était habitué depuis longtemps. Pour l'appeler, je lançais deux petits coups brefs, très rapprochés, puis deux autres presque aussitôt. Kafi comprenait ce signal qui lui commandait d'accourir et, s'il ne pouvait me rejoindre, il aboyait. Hélas ! rien.

« La femme a dit que la maison était proche du fort et du terrain de sport, remarqua Gnafron, il ne faut pas trop s'y fier. Les femmes ne savent pas évaluer les distances. L'autre jour maman disait qu'il n'y a qu'un kilomètre de la Croix-Rousse à la gare ; j'ai fait le calcul sur la carte, il y en a trois. »

Il ajouta :

« Et puis, un après-midi de Noël, ces gens-là sont peut-être sortis en emmenant Kafi. »

Il m'entraîna plus loin, vers le centre de Sainte-Foy, dans de petites rues qui montaient ou descendaient. Là aussi, les maisonnettes bordées de murs étaient nombreuses. Nous nous arrêtions devant toutes et j'appelais de nouveau Kafi. A un moment, un chien aboya furieusement parce que Gnafron essayait de grimper le long d'une clôture pour regarder dans un jardin. Ce n'était qu'un méchant roquet, à peine plus gros qu'un chat, qui alerta les gens de la maison et nous obligea à fuir.

Bientôt sept heures sonnèrent à l'église.

« Il est tard, dit Gnafron découragé, nous ferions mieux de revenir demain. En plein jour, nous aurons plus de chance. S'il le faut, nous sonnerons à toutes les portes. »

Cependant, je m'entêtai. Nous n'avions pas parcouru toutes les rues. La maison que nous cherchions pouvait se trouver dans une autre. J'entraînai de nouveau Gnafron, mais un coup sonna à l'église ; sept heures et demie, il était grand temps de repartir. Une dernière fois, alors que nous descendions un chemin désert, je lançai deux coups de sifflet stridents. Aucune réponse.

Nous étions déjà hors de Sainte-Foy quand, tout à coup, j'eus l'impression qu'il se passait quelque chose derrière moi. Le temps de me retourner, je faillis être renversé sous la poussée de deux pattes qui s'abattaient sur mes épaules. Kafi !... C'était Kafi !

D'où venait-il ? Comment avait-il réussi à s'échapper ? Pourquoi n'avait-il pas, plus tôt, répondu à mes coups de sifflet ? Une de ses pattes saignait. Il avait dû, dans un effort prodigieux, se blesser en se libérant. Fou de joie, il sautait après nous, mordillait nos vêtements, léchait nos mains. Je le serrai contre moi en pleurant de bonheur.

« Tu vois, Gnafron, il est revenu le jour de Noël ! »

Mais, aussitôt, une inquiétude me serra le cœur. Kafi s'était échappé. Est-ce que j'avais le droit de l'emmener ? Est-ce que nous ne serions pas obligés de le rendre à ceux qui l'avaient, acheté ?

« Le rendre ! s'indigna Gnafron. Un chien qui t'appartient ? D'abord ces gens-là n'avaient qu'à mieux le garder... Vois comme ils l'ont mal soigné. Il n'a jamais été brossé. Ils n'ont qu'à s'adresser au marchand. C'est sa faute. Il devait se renseigner quand on le lui a amené. Ne te tracasse pas, Tidou, nous réglerons ça plus tard. D'ailleurs, comment savoir d'où il s'est échappé ? Tu penses qu'il ne nous y conduira pas ! »

Gnafron avait raison. J'embrassai encore frénétiquement mon brave Kafi, et, tous trois, nous partîmes en courant vers la Croix-Rousse dont les lumières, dans le lointain, fourmillaient comme des étoiles.

Chapitre 9

Le petit écrou

Kafi et Briquet retrouvés !... En apprenant la merveilleuse nouvelle, le lendemain, les Compagnons sautèrent de joie. Dans notre caverne de la rampe des Pirates, je refis, avec Gnafron, le récit de notre équipée à Sainte-Foy.

Cependant, les émotions apaisées, un problème se posait. Comment expliquer à l'aveugle le retour de son chien ?

« On ne peut pas lui dire que Briquet a été volé par un des chiffonniers de la cour, déclara Corget, ce serait raviver son inquiétude.

— D'ailleurs, ajouta le Tondu, Briquet ne doit pas être revu dans l'immeuble ; un jour ou l'autre il disparaîtrait de nouveau... et pour de bon, cette fois. »

C'était aussi mon avis, pour une autre raison toutefois. La plupart des gens de l'immeuble ne s'étonneraient pas de revoir le chien de l'aveugle, même après une si longue absence ; de toute façon, ce qu'ils penseraient n'avait aucune importance, mais le Frisé? Il bondirait chez le marchand de chiens, demanderait des explications, saurait qui était venu réclamer les deux animaux. Que se passerait-il? Oserions-nous de nouveau pénétrer dans sa cour?

«Alors, que faire? s'inquiéta Mady. Je ne demande pas mieux que de garder Briquet, mais M. Vauquelin? Après ces deux accidents, il n'osera plus s'aventurer seul dans les rues. Il faut lui trouver un autre chien.»

Gnafron secoua la tête.

«Et si ce chien disparaît à son tour? Le chiffonnier en a déjà enlevé deux; à la première occasion il emmènera le troisième. Résultat, l'aveugle aura une fois de plus le sentiment d'être persécuté!»

On ne voyait aucune solution; la police ne se dérangerait pas pour une histoire de chiens perdus et retrouvés... et, en admettant qu'elle s'y intéresse, comment ferait-elle avouer le chiffonnier? Personne ne l'avait vu, sauf Tonin, un gamin terrorisé qui se tairait. Quant au marchand, il se mettrait à l'abri, prétendrait ne plus se souvenir de la personne qui lui avait confié les animaux.

«Non, conclut Corget, si nous voulons éclaircir cette affaire, il vaut mieux que le chiffonnier ne se sente pas soupçonné.»

Alors, quelle attitude prendre devant notre vieil ami? Tant qu'il resterait à l'hôpital, nous lui cacherions le retour de Briquet, mais après, quand il rentrerait chez lui?

«Puisqu'il ne peut plus sortir seul, déclara Mady, nous nous débrouillerons pour l'accompagner chez ses clients. Au lieu de partir, comme avant, au début de l'après-midi, il nous attendra. A tour de rôle, après la classe, nous le guiderons en ville.

— A moins que, d'ici à la rentrée des classes, il ne se produise encore du nouveau», ajouta Gnafron.

... Il ne croyait pas si bien dire. Certain jeudi matin, un petit objet perdu allait préciser nos inquiétudes.

La veille, j'étais retourné, en compagnie de Mady, à l'hôpital de Grange-Blanche. Nous avions dû faire preuve, tous deux, de beaucoup de calme pour cacher à notre vieil ami le retour de Briquet... d'autant plus que, comme par hasard, il avait longuement parlé de son chien.

Heureusement, la perspective d'un prochain retour chez lui le réconfortait. Le médecin l'autorisait à quitter l'hôpital deux jours plus tôt que prévu.

«Ah! que j'ai hâte de vérifier que tout est bien en ordre chez moi!» avait-il soupiré.

En prévision de ce départ, il nous avait demandé un nouveau petit service : lui faire apporter, par les Compagnons qui viendraient le voir le lendemain, son gros pull-over de laine, rangé dans un placard de sa chambre. En sortant de l'hôpital surchauffé, il craignait de prendre froid.

Ce jeudi matin, donc, en compagnie du Tondu, rencontré sur le Toit aux Canuts, je descendis de la Croix-Rousse pour remonter vers Fourvière. Je devais passer d'abord chez Mme Lazergue, qui s'occupait du linge de l'aveugle; elle nous accompagnerait chez lui.

Nous avions pris l'habitude, ainsi que M. Vauquelin, de dire notre nom quand nous frappions à sa porte. Elle ouvrait aussitôt et nous accueillait toujours avec le sourire. Or, ce matin-là, elle m'obligea à redire deux fois mon nom avant de tourner la clef dans la serrure, comme si elle ne me reconnaissait pas. Elle entrebâilla enfin la porte, l'air presque affolé.

« Mes pauvres enfants! je savais que c'était vous, mais, cette nuit, j'ai eu une telle peur!

— Cette nuit?

— Entrez, que je vous raconte! »

Elle nous désigna des sièges et se laissa elle-même tomber sur une chaise.

« Vite, madame Lazergue, que s'est-il passé? C'est grave?

— Il était plus de minuit; j'étais déjà réveillée, après un petit somme; à mon âge, vous savez, on dort mal. Tout à coup, j'ai entendu des pas dans l'escalier; quelqu'un montait au dernier étage. J'ai aussitôt pensé à l'homme de l'autre jour, celui qui voulait voir M. Vauquelin et n'a pas dit son nom. Je me suis levée pour écouter derrière la porte, sans oser ouvrir. L'inconnu est resté longtemps là-haut, très longtemps, je percevais toutes sortes de petits bruits, des bruits étranges.

— Ceux de portes, de tiroirs, de placards qu'on ouvre ou qu'on referme?

— Non, pas cela, comment vous expliquer? On aurait dit des grincements. A un moment, quelque chose d'assez lourd est tombé, un marteau peut-être; les bruits ont alors cessé pour reprendre un peu plus tard. Cela a duré une bonne demi-heure. Enfin, l'inconnu est redescendu avec beaucoup de précautions. J'ai attendu d'être sûre qu'il ne reviendrait pas; alors, je suis montée chez M. Vauquelin. La clef a ouvert la porte sans peine; la serrure n'était pas forcée. J'ai visité l'appartement. Tout paraissait normal. Le tiroir du secrétaire, dont j'ai aussi la clef, n'était pas fracturé. Pourtant, j'en suis certaine, quelqu'un est monté là-haut cette nuit.»

La pauvre femme tremblait en faisant ce récit. A la dérobée, j'interrogeai le Tondu du regard. Mme Lazergue, elle non plus, ne se sentait pas tranquille dans cette maison. Avait-elle vraiment entendu du bruit? N'était-ce qu'un cauchemar?

«Je n'ai pas osé remonter là-haut ce matin, avoua-t-elle. J'ai peur, venez avec moi.»

Elle grimpa les marches derrière nous. La clef tremblait dans sa main, le Tondu ouvrit lui-même la porte. Apparemment, personne n'avait pénétré chez l'aveugle. Papiers et livres, sur l'étagère, n'étaient pas dérangés, pas plus que ceux du tiroir, dans le secrétaire. Rien d'anormal, non plus, dans les deux placards que Mme Lazergue, effrayée, n'avait pas ouverts cette nuit. Aucune trace de pas sur le plancher. Pourtant des semelles imprégnées de l'humidité des marches, auraient laissé des marques. Je soulevai la housse du piano. Le bel instrument n'avait pas été touché.

« Vous vous trompez, madame Lazergue, personne n'est entré ici cette nuit. C'était peut-être chez les autres locataires?

— Les Lopez?... ils sont absents depuis plus d'un mois.

— Justement, quelqu'un aurait pu profiter de cette absence pour les cambrioler.

— Les cambrioler ? Ils n'ont que quelques misérables meubles. Quant au peu d'argent qu'ils peuvent posséder, ils l'ont sûrement emporté. D'ailleurs, leur appartement est au-dessus du mien, j'aurais entendu le plancher craquer. »

Je refis, avec le Tondu, le tour de la pièce. De toute évidence, personne n'était entré. Mme Lazergue me donna le pull-over de l'aveugle, et le Tondu referma la porte. J'avais déjà descendu quelques marches derrière la brave femme, quand, me retournant, je vis le Tondu, baissé, qui ramassait quelque chose sur le palier.

« Qu'est-ce que c'est ?

— Rien, une épingle ! »

En même temps, avant que Mme Lazergue ait le temps de tourner la tête, il mit le doigt sur ses lèvres pour m'inviter au silence.

Un instant plus tard, nous entrions de nouveau chez la pauvre femme qui, soulagée d'avoir pu conter sa frayeur, tint à nous offrir une tasse de café.

« Avec toutes ces émotions, fit-elle, je ne suis pas encore descendue faire mes commissions. Attendez-moi, nous partirons ensemble. »

Tandis qu'elle sortait trois tasses, j'observai le Tondu. Depuis l'instant où il avait ramassé l'épingle, il paraissait soucieux, absorbé. Au moment où notre hôtesse lui tendait le sucrier, il oublia de se servir. Que s'était-il passé ? Pourquoi m'avait-il signifié de me taire ?

Enfin, ayant péniblement passé son manteau,

Mme Lazergue décrocha son panier à provisions et nous sortîmes. Mais à peine nous eut-elle quittés pour entrer à l'épicerie que le Tondu se tourna vers moi.

« Tout à l'heure, Tidou, ce n'est pas une épingle que j'ai trouvée sur le palier, mais ça. »

Il fouilla sa poche, en sortit une petite chose qu'il déposa dans sa main.

« Qu'est-ce que c'est ?

— Tu ne vois pas ? Un écrou, un écrou en cuivre.

— D'où vient-il ?

— Je crois savoir. Remontons vite là-haut avant que Mme Lazergue ne revienne. J'ai préféré ne rien dire devant elle. La pauvre femme se fait déjà tant de mauvais sang ! »

Il s'élança comme un fou ; j'eus beaucoup de peine, dans l'escalier, à suivre ses longues jambes en pattes d'araignée. A peine sur le palier, il poussa un cri.

« C'est bien ce que je pensais ! Un des petits écrous qui fixent les barreaux à la rampe. Regarde ! plusieurs ont été enlevés. Celui-ci a dû rouler par terre et se perdre, je l'ai retrouvé ici, contre le mur.

— Tu crois que...

— Essaie de te souvenir, Tidou. Mme Lazergue a bien dit que, en prévision du retour de l'aveugle, elle avait déjà balayé l'appartement et le palier ?

— Oui, hier après-midi.

— Donc, ça s'est passé cette nuit, ici, sur ce palier et non dans la pièce. »

Intrigué, je passai la main sur la rampe ; celle-ci fléchit. A l'endroit où la barre rouillée était scellée dans le mur, le métal ne tenait plus que par un fil. On pouvait même voir, juste au-dessous, quelques parcelles de limaille. La barre avait été sciée. Privée du soutien des barreaux dévissés, elle n'était plus qu'un semblant de protection. A la moindre pression, elle se serait effondrée.

Je me sentis pâlir. Le Tondu me regarda, le visage crispé.

« Le supprimer!... on a voulu le supprimer! »

Il expliqua :

« Chaque fois que l'aveugle sortait de chez lui, il s'avançait en tâtonnant jusqu'à la rampe. A coup sûr, la rampe aurait cédé et il serait tombé dans le vide. »

Puis, essuyant son front couvert de sueur froide :

« Qui a pu faire cette chose abominable? Le chiffonnier?... ou l'autre? »

L'indignation, à moi aussi, me serrait la gorge, mais, subitement, je pensai à Mme Lazergue, au danger qu'elle courait elle-même. Il fallait parer au plus pressé.

« Descendons à sa rencontre! Je dirai avoir oublié autre chose que l'aveugle m'avait dit de lui apporter. Nous remonterons ici. Tu feras semblant de découvrir que la rampe est en mauvais état et nous irons chercher de quoi la rafistoler. »

Chapitre 10
La camionnette jaune

Cette fois, c'était grave, très grave ! Aussitôt rentré à la Croix-Rousse, je bondis prévenir Mady, tandis que le Tondu courait chercher les autres Compagnons.

Une demi-heure plus tard, la bande se réunissait dans la caverne pour un véritable conseil de guerre. Pâle d'émotion, Mady ne pouvait croire encore à un acte si horrible.

« Ce n'est pas possible ! Vous vous trompez ! La rampe était en mauvais état, les écrous dévissés depuis longtemps. J'avais déjà remarqué qu'elle branlait. »

Pourtant, les preuves était là. En « rafistolant » la rampe, nous l'avions minutieusement observée. Les pas de vis des barreaux ne présentaient aucune trace de rouille, les écrous avaient donc disparu depuis peu de temps. La coupure de la rampe ne pouvait avoir été faite que par une scie... La scie dont Mme Lazergue avait entendu les grincements, sans les reconnaître. D'ailleurs, des parcelles de limaille fraîche gisaient sur le plancher, juste au-dessous. Enfin, l'écrou oublié ne pouvait être tombé là qu'après le balayage de la veille.

« Oui, soupira Mady, tous ces indices!... C'est épouvantable. Profiter de ce qu'un pauvre homme est aveugle pour faire une chose pareille !

— Qui est coupable ? dit Corget. L'homme au manteau gris ou le chiffonnier ? »

Rien ne nous permettait de soupçonner l'un plus que l'autre. Le chiffonnier habitait l'immeuble ; il savait les deux appartements du dernier étage inoccupés. Quoi de plus facile que de monter là-haut quand tout le monde dormait ?... Cependant le marchand de pianos, lui aussi, connaissait la maison. Le piano d'une valeur inestimable le tentait, et l'aveugle avait senti que l'homme ne reculerait devant rien pour l'obtenir.

Une discussion animée s'engagea. A la réflexion, seul le chiffonnier nous parut capable d'une pareille besogne, peut-être parce que, depuis l'enlèvement de Kafi et de Briquet, nous le considérions déjà comme une sorte de brigand... Mais quel lien établir entre l'enlèvement des deux chiens et le sabotage de la rampe ?

Ce lien, Corget le découvrit subitement, et son évidence nous abasourdit. Comment n'avoir pas compris plus tôt ? A tout prix, le coupable souhaitait un accident, dont la victime serait M. Vauquelin. C'était déjà pour provoquer cet accident qu'il avait fait disparaître les deux chiens; et le misérable voyait juste puisque, privé de son guide, M. Vauquelin avait, par deux fois, failli être écrasé.

Cette terrible découverte mit notre émoi à son comble.

« En somme, fit Mady, d'après vous, le coupable est le chiffonnier. Pourquoi a-t-il fait cela?... à cause du piano? Il faudrait donc admettre que le Frisé connaît l'homme au manteau gris. C'est peu probable. Ils ne sont pas du même monde. L'un est soigné, élégant, l'autre débraillé, sale et malpoli.

— C'est vrai, approuva le Tondu. M. Vauquelin a sans doute de bonnes raisons de se méfier du marchand de pianos, mais ce n'est pas un assassin. L'homme dangereux est le chiffonnier,... malheureusement le principal nous manque : le motif. »

Notre imagination se donna alors libre cours. Pour la Guille, le chiffonnier n'était ni plus ni moins qu'une sorte de maniaque ou de fou. Pour Bistèque, le Frisé ne pouvait supporter nos allées et venues dans la cour. Il connaissait notre amitié pour l'aveugle et se vengeait sur lui. Plus pratique, Gnafron supposait que, l'aveugle disparu, un logement deviendrait libre où le chiffonnier pourrait installer un de ses acolytes.

En réalité, aucune de ces suppositions ne donnait vraiment satisfaction.

« De toute façon, avança Mady, peu importent les raisons. La première chose à faire, à présent, c'est de prévenir la police.

— Et sans tarder! approuva vivement la Guille. La vie de M. Vauquelin est en danger. »

Cependant, Corget réfléchit.

« Oui, c'est grave, mais attention ! Prévenir la police, c'est mettre l'aveugle au courant.

— Pas forcément !

— La police ne se contentera pas de ce que nous raconterons. Elle interrogera M. Vauquelin. Il se tracassait déjà à cause de l'homme au manteau gris, imaginez sa réaction en apprenant que le chiffonnier, lui aussi, lui veut du mal..., et quel mal ? Il y a de quoi lui faire perdre la raison.

— C'est vrai, reconnut Mady, pourtant puisque le chiffonnier sera arrêté !

— Pas si sûr que ça ! La police fera une enquête ; les preuves seront minces. La rampe était déjà en mauvais état ; admettra-t-on qu'elle a été sabotée ? En tout cas, comment accuser le chiffonnier ?

— Mais les chiens enlevés ?

— Seul, le petit Tonin pourrait parler : il ne compte guère ; il se taira pour ne pas être battu.

— Pardon ! se récria Mady, et le marchand du chenil ?

— Bien sûr, il aurait son mot à dire. Cependant, quand on l'interrogera, il jouera l'ignorant, ne se souviendra plus de celui qui a amené les chiens, pour ne pas avoir d'ennuis. »

Et Gnafron ajouta :

« D'ailleurs, même si le marchand de chiens reconnaissait le Frisé, que se passerait-il ? Une affaire de chiens volés ne mène pas loin. Le chiffonnier récolterait huit jours de prison ; une semaine après, on le retrouverait dans la cour en train de trier sa ferraille. Autant dire que nous ne pourrions plus revenir dans l'immeuble.

— Mais alors, fit Mady, c'est épouvantable! Si la police ne peut rien, faute de preuves, que va-t-il arriver?»

Un lourd silence plana dans la caverne. Le petit Gnafron reprit :

«Ne nous affolons pas. Si la police ne peut rien, nous pouvons peut-être quelque chose. Le chiffonnier ne nous soupçonne pas. Etablissons un plan de surveillance.

— Le surveiller? se récria encore Mady. Nous ne pouvons pas attendre. Si, demain, il arrivait encore quelque chose à M. Vauquelin?

— Nous sommes là pour le protéger. Dès qu'il reviendra de l'hôpital nous te chargeons, Mady, de lui faire comprendre qu'il ne doit plus jamais sortir seul. Après ce qui est arrivé, il acceptera. Nous nous débrouillerons pour l'accompagner chaque fois qu'il descendra en ville.

— Et quand nous aurons repris la classe?

— A tour de rôle nous viendrons le chercher, à la sortie de l'école. Il visitera ses clients le soir, au lieu de les voir l'après-midi. En tout cas, soyons d'accord là-dessus, il doit ignorer que Briquet et Kafi ont été retrouvés.»

Malgré ces apaisements, Mady n'était guère rassurée. La solution d'accompagner l'aveugle dans tous ses déplacements lui paraissait hasardeuse. Un jour ou l'autre il nous arriverait de ne pouvoir venir, et M. Vauquelin sortirait malgré nous.

A vrai dire, personne n'était tranquille. Une

sourde inquiétude emplissait la caverne. Nous en avions conscience, la situation était grave.

Il était plus de midi quand la bande se sépara. Dans le feu de la discussion, nous avions oublié l'heure.

En rentrant chez moi, j'eus beaucoup de peine à cacher mon émotion. Je faillis tout dire à mon père. Cette affaire était trop sérieuse. La vie d'un homme était menacée. Cependant, une petite voix intérieure me dit tout bas : « Non, Tidou, l'aveugle ne risque rien ; vous êtes là, tous les sept, pour le protéger. Ne parle pas... pas encore. Attends ! d'ici à la rentrée, il se passera du nouveau et tu ne regretteras rien. »

Quand je retrouvai mes camarades, au début de l'après-midi, je fus surpris et soulagé d'apprendre qu'eux aussi, à table, en famille, s'étaient posé la même question et y avaient répondu de la même façon.

A présent, de nouveau réunis, l'heure n'était plus aux suppositions. Il fallait échafauder un plan de bataille... sans la Guille et Bistèque, qui, pour la dernière fois, partirent voir l'aveugle en emportant le pull-over qu'il réclamait.

« Voilà, dit Corget, jusqu'à présent nous avons pris le Frisé pour un simple chiffonnier. Dans la cour, nous le voyons trier de la ferraille et des chiffons, mais il sort souvent avec sa camionnette. Il faut savoir où il va. Même sur de vieux vélos comme les nôtres nous pouvons le suivre. Dans Lyon, avec les encombrements et les feux rouges, on roule aussi vite à vélo qu'en voiture.

— Organisons trois équipes, enchaîna Gnafron. Du matin au soir, nous nous relaierons dans la montée Saint-Barthélemy, prêts à le prendre en chasse. L'essentiel est de ne pas se faire voir. Nous sommes en vacances, nous avons le temps.

— Et après la rentrée ? s'inquiéta le Tondu.

— Après la rentrée, on verra, répondit Corget. D'ici là, j'ai l'impression qu'il se sera passé beaucoup de choses. »

Il allait s'en passer, en effet. Et nous n'aurions pas longtemps à attendre.

Cela se produisit le 31 décembre. L'aveugle, réinstallé chez lui, avait rouvert avec joie son cher piano pour jouer les mélodies composées mentalement sur son lit d'hôpital. Heureux des attentions que nous avions pour lui, ne se doutant absolument de rien, il avait presque oublié son angoisse. Mady l'accompagnait chez ses clients ou lui tenait compagnie. Enthousiasmée par ses nouveaux morceaux, elle avait insisté pour qu'il lui en dicte les notes, afin de les transcrire sur des feuilles de papier à musique.

« Que veux-tu en faire, demandait l'aveugle, puisque ces mélodies ne seront jamais jouées par personne ?

— Pour moi, disait Mady, pour les conserver. »

Pendant ce temps, sans que notre vieil ami s'en doute, nous faisions le guet dans la montée Saint-Barthélemy. L'impasse nous avait paru dangereuse, à cause des gamins de la cour qui y venaient jouer. Un peu plus bas, entre une droguerie et la boutique d'un marchand de charbon, nous avions découvert une sorte de couloir où nous nous cachions avec nos vélos.

Depuis deux jours nous suivions partout la camionnette jaune à travers la ville, un peu déçus, car, apparemment, le Frisé n'était bel et bien qu'un chiffonnier. Il visitait les vieux quartiers d'où il ramenait toutes sortes de choses qu'après un tri, dans la cour, il emportait chez des chiffonniers en gros, du quartier de la Guillotière ou dans le faubourg de Vaise.

Chaque jour, nous nous donnions rendez-vous à midi moins le quart, à la caverne, pour le compte rendu de ces expéditions. Nous commençions à douter de leur utilité, quand, un matin, Bistèque et Gnafron, qui faisaient équipe ensemble, arrivèrent tout essoufflés d'avoir monté la côte à vélo. A leur mine, je devinai qu'ils avaient fait une découverte.

« Ça y est, déclara Gnafron, nous sommes fixés !

— Fixés sur quoi ?

— Vous allez voir. »

Le temps de reprendre sa respiration, il raconta :

« Voilà ! il était à peu près neuf heures et demie ; nous étions, Bistèque et moi, dans le couloir de la droguerie quand la camionnette jaune a démarré. Nous l'avons aussitôt prise en chasse. Elle est descendue le long des quais qu'elle a suivis comme pour aller à la gare, mais arrivée là, au lieu de tourner, elle est passée sous le pont du chemin de fer, et a continué sa route vers le quartier de Perrache, le long des voies de triage. Puis elle a obliqué à gauche, s'est arrêtée dans une petite rue. Naturellement, nous avons cru que le Frisé allait descendre de voiture. Non. Il a seulement donné deux longs coups de klaxon. Quelques instants plus tard un homme est sorti d'une maison, un homme du genre chiffonnier lui aussi, qui a traversé le trottoir pour venir rejoindre le Frisé. Nous avons supposé qu'il s'agissait d'un compère que le Frisé devait emmener quelque part, mais la voiture n'a pas démarré. Comme la rue était à peu près déserte, nous n'avons pas hésité. Nos vélos abandonnés contre le trottoir, nous nous sommes approchés. »

Il s'arrêta, le souffle coupé d'avoir débité ce récit sans reprendre haleine. Bistèque enchaîna aussitôt :

« Les portes arrière de la camionnette étaient entrebâillées, maintenues par une chaîne. Nous ne risquions pas d'être vus ; trois gros ballots, dans la voiture, nous cachaient les deux hommes, mais la carrosserie faisait caisse de résonance, nous pouvions entendre ce qu'ils disaient.

— Voilà, expliquait le Frisé, c'est une affaire un peu spéciale. J'ai vu le patron cette nuit, il compte sur toi.

— Quel genre d'affaire ?

— Un piano.

— Un piano ? Et c'est pour ça que tu t'es dérangé ?

— Il ne s'agit pas d'un piano ordinaire, celui-là vaut une fortune. Il y a gros à gagner... Le patron voudrait te voir.

— Me voir ?... Où ?

— Chez lui.

— Je croyais qu'à part toi, personne ne montait jamais le déranger. Je sais tout juste où il crèche.

— C'est urgent ; il faut que le coup soit fait demain matin.

— Pourquoi ne te demande-t-il pas ça, à toi ?
— C'est un peu compliqué à t'expliquer.
— Trop dangereux ?
— Au contraire, pas du tout, seulement moi, tu comprends, je suis connu. Va le voir, rue de la Dragonne, tu reconnaîtras facilement la maison. Il y a deux espèces de petites tourelles de chaque côté... et tâche de t'habiller convenablement. Le patron, c'est le patron. Si on te voit rentrer chez lui, il ne faut pas que ça paraisse louche.
— Tu es sûr que je ne risque rien ?
— Absolument rien. Un gamin de dix ans pourrait le faire.
— A quelle heure faudra-t-il monter là-haut ?
— A la fin de l'après-midi. Le patron sera chez lui.
— D'accord ! »

Bistèque s'interrompit à son tour, et Gnafron, qui avait retrouvé son souffle, reprit aussitôt :

« Voyant que les deux hommes allaient se séparer, nous avons vite décampé pour rejoindre nos vélos. Le copain du Frisé est descendu de la camionnette. Il a traversé le trottoir pour rentrer chez lui, au numéro 7 de la rue de l'Ancien-Chenal. Puis la camionnette a redémarré en direction du quartier de la Guillotière, où le Frisé a déchargé ses ballots dans un entrepôt. De là, il est rentré chez lui. Alors, dans le corridor de la droguerie, j'ai vite sorti mon plan. Pendant dix minutes, Bistèque et moi, nous avons cherché partout cette rue de la Dragonne... Et savez-vous où nous l'avons dénichée ? »

Tous les regards se tendirent vers Gnafron, interrogateurs.

« Dis vite !

— Dans la banlieue, à Sainte-Foy, là où Tidou a retrouvé Kafi. »

Chapitre 11

Le château aux deux tourelles

A Sainte-Foy?... Dans cette banlieue où j'avais retrouvé Kafi? J'en restai abasourdi. Pourtant, le moment n'était pas de savoir s'il s'agissait d'un simple hasard. Un grave événement allait se passer, là-haut, il fallait faire vite.

Corget décida que, sans tarder, Gnafron et moi, qui connaissions les lieux, remonterions sur la colline, pour essayer de découvrir ce mystérieux «patron» et ce qu'il tramait.

Le repas à peine achevé, je rejoignis donc Gnafron dans la caverne où étaient rangés nos vélos. Le temps était redevenu maussade, un vrai temps lyonnais, gris, bas, qui plongeait la ville dans une demi-obscurité. Dégringolant la Grande-Côte en roue libre, nous gagnâmes la Saône où flottaient des écharpes de brume. En cette veille de Jour de l'An, les quais étaient animés. La rivière traversée, j'attaquai, le premier, la longue montée qui, à flanc de colline, s'élevait vers ce faubourg de Sainte-Foy, au-dessus de la vallée.

Par endroits, la côte, très raide, nous obligeait à mettre pied à terre. Tout en marchant à côté de Gnafron, j'essayais de me souvenir. L'autre jour, en cherchant Kafi, nous étions probablement passés dans cette rue de la Dragonne ; je ne la revoyais pas dans mon esprit ; nous avions si peu prêté attention au nom des rues ! En tout cas, d'après le plan, soigneusement examiné avant de partir, elle se situait près du terrain de sport. La maison que nous cherchions pouvait donc être celle où Kafi avait été conduit. Quel troublant hasard !

Enfin, Sainte-Foy ! Gnafron découvrit le premier la plaque indicatrice : rue de la Dragonne. En fait de rue, c'était un chemin presque campagnard décrivant une courbe semblable à celle de ma rue, à la Croix-Rousse. Cependant, dans ce quartier, pas de grandes maisons cubiques, rien que des villas luxueuses, bien entretenues.

« A présent, dit Gnafron, je m'en souviens, nous sommes passés ici l'autre jour. »

De loin, j'aperçus la maison, avec ses deux tours décoratives aux toits pointus, couverts d'ardoise. Son air de petit château nous impressionna. Gnafron ne put retenir un sifflement d'admiration.

« Mon vieux ! tu parles d'une maison !... sûrement pas celle d'un balayeur de rues ou d'un marchand de cacahuètes. »

Un petit jardin d'agrément, bordé d'un mur en pierre de taille, précédait la villa. Ah oui, ce mur ! L'autre jour, en le longeant, j'avais appelé

Kafi plusieurs fois. La porte d'entrée, une belle grille en fer forgé, s'ouvrait à côté du garage. Sur une plaque de cuivre, bien astiquée, ce nom :

CH. MARNIER

Pour ne pas me faire remarquer, je passai rapidement, suivi de Gnafron. Se tramait-il vraiment quelque chose dans cette maison? J'avais peine à le croire. Tout à l'heure, en montant la côte, nous étions bien décidés à sonner à la porte sous n'importe quel prétexte, demander par exemple un renseignement. A présent, l'audace nous manquait. Cette belle demeure tranquille nous impressionnait.

Un peu plus loin, un chemin débouchait dans cette rue de la Dragonne. Nous y laissâmes nos vélos qui nous embarrassaient, et, revenant sur nos pas, j'examinai de nouveau le château.

« Ce n'est pas possible, me glissa Gnafron, le Frisé s'est trompé.

— Pourtant, rue de la Dragonne, une maison avec deux tourelles! »

Gnafron hocha la tête.

« Tu me connais, Tidou, je ne suis pas timide... eh bien, je n'ose pas sonner! Et puis, quand nous aurons vu la tête de ces gens-là, serons-nous plus avancés? Allons plutôt nous renseigner ailleurs, auprès d'un commerçant par exemple. »

A peine arrivions-nous dans le centre du faubourg que Gnafron tomba en arrêt devant une boulangerie-pâtisserie.

« Je meurs de faim. A midi, j'ai à peine pris

le temps de manger. Entrons acheter un petit pain.»

La boutique était belle, toute neuve. Deux clientes se faisaient servir. La première, d'allure modeste, réglait le prix de deux gros pains qu'elle venait de fourrer dans son filet à provisions. L'autre, très élégante, parfumée, en manteau d'astrakan noir, commandait un gâteau :

«Une bavaroise au kirsch pour cinq personnes... avec votre meilleur kirsch, bien entendu!»

A en juger par les amabilités de la marchande, il s'agissait d'une bonne cliente.

«Vous pouvez compter sur moi, madame Marnier, ce sera parfait. Quand devrai-je vous la faire livrer?»

Mme Marnier!... la propriétaire de la belle villa aux tourelles. J'échangeai un bref regard avec Gnafron.

«Demain dans la matinée, répondit la dame. Je serai chez moi,... j'y serai même toute la journée, mon mari est très occupé.

— Même un jour comme le 1er janvier?

— Un homme d'affaires ne connaît pas de repos!»

A ce moment entra dans la boutique un gamin accompagné d'un basset qu'il tenait en laisse.

«A propos, demanda la marchande, et votre chien?... toujours pas retrouvé?

— Non... et je ne m'en soucie guère. Une lubie de mon mari! Cette idée d'avoir un chien-loup l'avait pris subitement. Pourtant, comme moi, il déteste les animaux.

— Au fait, comment s'est-il échappé?

— Le jour de Noël, en remontant de Lyon où je l'avais emmené dans ma voiture. J'étais à peine rentrée qu'il a bondi par-dessus le mur du jardin et je ne l'ai pas revu. Bon débarras!»

Là-dessus, elle releva le col de son manteau et sortit. Gnafron et moi nous étions restés abasourdis, ne sachant même plus ce que nous faisions dans la boutique. La marchande nous demanda deux fois ce que nous désirions.

Nos petits pains à la main, nous étions de nouveau sur le trottoir. Ainsi c'était chez cette dame élégante, la femme du mystérieux «patron», qu'avait échoué Kafi!... et presque malgré elle, à l'en croire? Ils étaient allés l'acheter, alors que ni l'un ni l'autre n'aimaient les bêtes?

Cette découverte nous laissa pantois. Les bouchées de pain s'arrêtaient dans ma gorge. Impossible de les avaler. Tout était si mystérieux dans cette affaire qu'il valait mieux renoncer à comprendre.

«En tout cas, remarqua Gnafron, ce "patron" n'est sûrement pas l'homme au manteau gris.

— Pourquoi?

— Le Frisé lui aurait directement amené Kafi, au lieu de le conduire chez un marchand de chiens.»

Je conseillai à Gnafron d'attendre quelques minutes, le temps pour l'étrange cliente de rentrer chez elle, puis, longeant les murs, nous repartîmes vers la rue de la Dragonne. A peine étions-nous postés au débouché du petit chemin où nous avions laissé nos vélos qu'une voiture stoppa devant le château. Le complice du Frisé?... Non, la voiture était trop belle, trop neuve. En effet, en descendirent deux dames élégantes, en manteau de fourrure. Sans leur donner le temps de sonner, Mme Marnier s'était précipitée pour les accueillir. Des amies ou des parentes? Toutes trois pénétrèrent à l'intérieur du château, et des lampes s'allumèrent dans une pièce, le salon probablement.

Une demi-heure passa. Le complice du Frisé, lui, n'était toujours pas venu. En l'attendant, pour nous réchauffer, nous fîmes les cent pas dans le petit chemin, ce qui nous permit de découvrir une sorte de sentier, parallèle à la rue de la Dragonne et qui passait exactement au pied de la villa, sur la façade arrière. Ce sentier n'avait guère plus d'un mètre de large, un vieux mur le séparait d'un terrain vague qui devait faire partie des anciennes fortifications. Plusieurs fenêtres du château donnaient sur ce sentier. L'une d'elles était éclairée, celle de la cuisine, supposa Gnafron.

Mais un nouveau bruit de moteur nous parvint de la rue de la Dragonne. Vite à notre poste d'observation. Dans la nuit qui commençait à tomber, une voiture venait de s'arrêter devant la villa, une voiture moins luxueuse que l'autre et d'un modèle ancien. Un homme en descendit :

« C'est lui! murmura Gnafron, je le reconnais, l'homme de ce matin. »

A peine eut-il pressé sur le bouton de la sonnerie que quelqu'un sortit de la villa, un homme de petite taille qui le fit rapidement entrer.

« Puisque le salon est occupé, dit vivement Gnafron, il va le conduire ailleurs, dans son bureau, qui donne peut-être sur le sentier. »

Nous nous précipitons vers la façade arrière. Gnafron a vu juste. Au rez-de-chaussée, une fenêtre vient de s'éclairer. Blottis dans la pénombre contre le mur, nous regardons de tous nos yeux. Soudain, mon cœur fait un bond.

« Regarde, Gnafron!... au portemanteau, près de la porte... le pardessus gris à col de fourrure! »

Oui, l'homme au manteau gris c'est lui! A l'entrevoir ainsi, tout près de nous, j'éprouve une sorte de vertige. Brusquement, la fenêtre s'ouvre, nous n'avons que le temps de nous baisser pour nous confondre avec la grisaille du mur. Sommes-nous démasqués? Immobiles, nous attendons, haletants. Deux mains s'étendent de chaque côté de la fenêtre pour déployer les persiennes métalliques et les fermer.

« Fini! murmure Gnafron, nous ne saurons pas ce qui va se passer derrière cette fenêtre!

— Au contraire, nous pourrons nous approcher davantage, coller l'oreille contre les persiennes! »

Il m'aide à charrier sans bruit de grosses pierres tombées du mur et qui nous hausseront. Dressés sur la pointe des pieds, nous parvenons au niveau de la fenêtre. De l'intérieur arrivent, assourdies, les voix des deux hommes, l'une voilée, qu'on comprend mal, l'autre plus nette, la voix nasillarde de l'homme au manteau gris. La respiration suspendue, nous essayons de suivre la discussion.

« Je te le répète, fait le "patron", l'affaire est de tout repos. Aucun risque pour toi. Ton rôle n'est pas compliqué : aider un aveugle à traverser une rue. »

Un silence. Le « patron » s'est levé pour prendre quelque chose. Il se rassied.

« Tu vois ce plan de Lyon ? la Saône ? Cela doit se passer en face du pont Saint-Vincent. Tu feras les cent pas sur le trottoir, de ce côté. L'aveugle arrivera par ici. Le Frisé l'a dit, c'est le chemin qu'il suit habituellement pour aller en ville. Au moment où il arrivera en face du pont, prêt à traverser, tu l'aborderas, te proposant à l'aider. Il faut que ce soit toi et non le Frisé dont il reconnaîtrait la voix.

— Est-on sûr qu'il descendra en ville demain matin ?

— Tout est arrangé, grâce au Frisé. Il y a un mois, l'aveugle a perdu son chien. A neuf heures, demain matin, le Frisé enverra chez lui son neveu, le petit Tonin. Le gosse dira avoir reconnu son chien, errant de l'autre côté de la Saône, sur le quai. Il affirmera avoir voulu le lui ramener, mais que l'animal n'a pas voulu venir. A coup sûr, l'aveugle descendra aussitôt pour filer là-bas.

— Et s'il n'est pas seul ?

— Il sera seul. La vieille femme qui s'occupe de lui a été prise, voici deux jours, d'une crise de rhumatismes. Personne ne l'a vue faire ses commissions, des gamins de la Croix-Rousse vont aux provisions pour elle.

— Justement, ces gamins !...

— Rassure-toi, le Frisé s'est renseigné. Il a surpris une conversation en triant sa ferraille dans la cour. Aucun gamin ne doit venir le voir, le matin du 1er janvier.

— Alors, qu'est-ce que je devrai faire exactement ?

— Attendre, avec l'aveugle, que je te fasse signe. Je me tiendrai à deux cents mètres de là, au volant de ma voiture, prêt à démarrer. Dès que tu apercevras mon geste, tu expliqueras à l'aveugle que la chaussée est libre. Tu le prendras par le bras et vous avancerez lentement. Dès que la voiture surgira, tu lâcheras l'aveugle et tu te jetteras brusquement en arrière. C'est tout... Le reste, je m'en charge. Compris ?

— Compris !... Mais après ?

— Quoi, après ?

— Les témoins, la police !

— Bien entendu, il y aura des témoins et les agents accourront. Ils feront une enquête. Tu seras là pour expliquer que tu tenais l'aveugle par le bras et qu'au moment où tu voulais le retenir, il s'est affolé. Au lieu de reculer, il s'est précipité sous les roues de la voiture. Evidemment, tu feras celui qui ne me connaît pas. Tu vois, rien de dangereux ; un simple accident comme il en arrive des dizaines chaque jour dans Lyon.

— Mais par la suite ?

— Que veux-tu qu'il arrive ? Je suis assuré contre les accidents et l'aveugle n'a aucune famille. L'affaire sera vite classée... Alors, entendu, n'est-ce pas, demain matin, neuf heures, sur le trottoir, face au pont Saint-Vincent... et dis-toi qu'il y a gros à gagner si le coup réussit.

— J'y serai, patron ! »

C'est fini. On entend des pieds de chaises grincer sur le parquet. Des ombres passent derrière les fentes des persiennes. La lumière s'éteint, une porte se referme.

Je m'aperçois alors que je tremble de la tête aux pieds et qu'une sueur froide ruisselle sur mon front. Je saisis la main de Gnafron. Epouvantés par ce que nous venons d'entendre, nous partons en courant.

Chapitre 12

Le rendez-vous de neuf heures

Six heures sonnaient au moment où, pédalant comme des forcenés, nous passions au pied de l'église Saint-Jean. La Saône traversée, nous attaquions à présent la rude montée de la Croix-Rousse. Exténués, nous arrivâmes enfin à la caverne où Mady, le Tondu et Corget nous attendaient, tandis que Bistèque et la Guille couraient à travers Lyon, derrière la camionnette jaune.

A notre air affolé, les Compagnons comprirent qu'il nous était arrivé quelque chose. Gnafron s'effondra littéralement sur une des caisses qui nous servaient de sièges, et, lui, qui se vantait parfois d'être un « dur », éclata en sanglots.

« C'est épouvantable ! ils veulent... ils veulent le... »

Le mot horrible ne parvint pas à sortir de

ses lèvres, mais nos camarades l'avaient deviné. Mady se tourna vers moi, et, me saisissant les mains :

« Parle, Tidou ! je t'en supplie, parle vite !... »

La voix hachée par l'émotion, je rapportai l'odieuse discussion surprise sous les murs du château, les précautions de l'homme au manteau gris pour que le coup réussisse parfaitement.

« Oui, Mady, demain matin, à neuf heures. C'est épouvantable. »

A leur tour nos camarades demeurèrent atterrés. Mady ne put retenir une larme.

« Il faut courir prévenir M. Vauquelin, lui dire que, demain matin, de bonne heure, nous viendrons lui apporter nos vœux, lui demander en tout cas de ne sortir sous aucun prétexte. »

Hélas ! Cette solution n'en était pas une. Certes, demain, nous pouvions faire échouer le coup, sauver notre vieil ami provisoirement. Mais après ? De quelles machinations ces tristes individus n'étaient-ils pas capables ?... A présent, nous savions trop de choses, nous n'avions plus le droit de nous taire.

« Oui, dit Corget, nous ne pouvons plus hésiter, il faut avertir la police.

— Et sans tarder », ajouta Gnafron, qui, après sa défaillance de tout à l'heure, avait retrouvé son énergie et sa colère.

La Guille et Bistèque n'étaient pas là. Tant pis, nous ne pouvions pas attendre. Je griffonnai un mot pour leur dire de nous rejoindre au commissariat dès qu'ils rentreraient.

Et nous voici, dégringolant à travers la ville grouillante de monde, à la recherche d'un poste de police. On nous en indiqua un, près de l'hôtel de ville, un commissariat important. Un agent montait la garde devant la porte.

« Monsieur l'agent, nous voudrions voir le commissaire. »

Le factionnaire nous considéra, étonné :

« Le commissaire ?

— Il faut que nous lui parlions, tout de suite.

— Vous avez perdu quelque chose ?

— Non, monsieur l'agent, c'est plus grave..., quelqu'un est en danger. »

Le factionnaire nous regarda encore, curieusement, puis s'écarta pour nous laisser entrer dans une vaste salle où plusieurs agents discutaient en fumant, autour d'une table. Notre arrivée les dérangeait, ils nous lancèrent un coup d'œil inquisiteur.

« Que voulez-vous ?

— Voir le commissaire », dit Corget.

Les agents se mirent à rire.

« Le commissaire ?... pour vous aider à chercher un porte-monnaie perdu ? »

Corget ne se démonta pas.

« Demain matin, près du pont Saint-Vincent, un homme sera écrasé par une auto. »

Il avait prononcé ces mots si gravement que, un instant, les agents cessèrent de sourire. Cependant, l'un d'eux reprit, l'air goguenard :

« Est-ce que, par hasard, vous ne vous tromperiez pas de trois mois ? Demain est le 1er janvier, non le 1er avril. Mes gaillards, apprenez que la police n'aime pas qu'on se paie sa tête. »

Nous ne nous attendions pas à cet accueil. Indignée, Mady s'avança.

« Il faut nous croire, demain des bandits veulent écraser un aveugle qui est notre ami.

— Et ils vous ont prévenus pour que vous puissiez avertir la police ?

— Nous ne plaisantons pas, reprit Mady, c'est un homme de Sainte-Foy qui doit faire le coup avec sa voiture. Mes camarades viennent de surprendre une conversation.

— Oui, poursuivit Gnafron, nous avons parfaitement entendu ; l'accident doit se produire demain matin. »

Tout d'une traite, il raconta l'affaire, en faisant de grands gestes qui secouaient sa tignasse, sans s'apercevoir que les agents souriaient. Quand il s'arrêta, l'un d'eux se leva, le prit par le bras, et, d'une voix très calme :

« Très intéressante, ton histoire, mon petit gars. A ta place, j'irais vite acheter un cahier et j'écrirais ça, noir sur blanc, pour en faire un beau roman policier. »

Nous protestâmes, indignés, jurant que Gnafron disait la vérité. Les agents ne voulaient rien entendre. Agacés, ils se levèrent et nous invitèrent à quitter les lieux. Mais à ce moment, se produisit un petit incident. A bout de nerfs, Mady fut prise d'un malaise. Elle laissa échapper un cri, chancela et s'affaissa sur le plancher. Les agents se précipitèrent pour la relever. Elle était très pâle, incapable de tenir sur ses jambes. On l'étendit sur trois chaises placées côte à côte. Les sergents de ville avaient perdu leur air narquois ; ils paraissaient même plutôt ennuyés... Ils le furent bien davantage quand, au fond de la pièce, une porte s'ouvrit sur un personnage en civil.

« Que signifie ce bruit ?

— Rien, monsieur le commissaire, une gamine qui vient de se trouver mal.

— Dans la rue ?

— Non, ici, dans le bureau.

— Qu'y faisait-elle ?... et ces gamins ?

— C'est Mady, notre camarade, fit vivement Corget, nous voulions vous voir. Les agents n'ont pas permis. Nous venions dire que, demain matin, un vieil aveugle que nous connaissons doit être écrasé par une auto, près du pont Saint-Vincent.

— Quoi ?... Un crime ? »

Un agent s'empressa d'intervenir :

« Oh ! monsieur le commissaire, ne les écoutez pas, ils ont raconté une histoire,... une histoire inventée de toutes pièces, monsieur le commissaire ! »

Le commissaire ne répondit pas. Il fit signe à l'agent de se taire et se pencha sur Mady.

« Comment te sens-tu, ma petite ?

— Je ne sais pas ce qui m'a pris ! Je crois que j'ai eu trop de chagrin parce que notre vieil ami est en danger et qu'on ne veut pas nous croire. »

Il l'aida à se relever. Elle avait déjà repris quelques couleurs.

« Bien ! fit-il, entre par ici... et vous aussi, les garçons. »

Il nous introduisit dans son bureau, une vaste pièce encombrée de casiers et de paperasses. Il désigna une chaise à Mady, et, nous laissant debout, s'installa à sa table de travail. Alors d'une voix lente, il dit calmement :

« Je vous écoute ! »

Je refis une fois de plus le récit de ce que

nous avions surpris sous les murs du château. Puis, remontant à l'origine de l'affaire, je parlai de l'aveugle, du chiffonnier, des chiens disparus puis retrouvés.

Tout d'abord, le commissaire parut nous écouter distraitement. Il tapotait la table avec le bout d'un crayon. Bientôt, le crayon cessa de bouger entre ses doigts ; ses sourcils se froncèrent. Notre récit terminé, il posa toutes sortes de questions, si bien que nous avions l'impression de répondre à un interrogatoire, comme des accusés, alors que notre but était de sauver M. Vauquelin. Enfin, le commissaire voulut entendre encore la discussion recueillie à Sainte-Foy ; il prit des notes, déplia une carte, nous invita à la consulter avec lui.

« Ici, monsieur le commissaire, ça doit se passer ici, au débouché du pont, de l'autre côté de la Saône. »

Il réfléchit, nous regarda, posa encore des questions précises et déclara enfin :

« C'est entendu, je suis persuadé que vous dites la vérité. A neuf heures, demain matin, la police sera au rendez-vous. Je vais donner des ordres. Pour vous, voici la consigne : je ne veux pas vous voir sur les lieux. Cependant, il se peut que j'aie besoin de vous. Tenez-vous cachés quelque part, à proximité. Bien entendu, vous n'aurez pas à intervenir. Laissez agir la police. Quant à l'aveugle, je vous défends de l'avertir. Vous comprenez pourquoi? Il faut que, jusqu'au dernier moment, tout se passe comme prévu. Donc, demain matin, à neuf heures, près du pont Saint-Vincent. »

Il se leva, passa devant son bureau, tapota gentiment la joue de Mady.

« Je vous remercie, mes enfants, votre ami aveugle peut compter sur nous. »

Il ouvrit la porte et nous renvoya. Les agents nous regardèrent sortir, l'air embarrassé. Gnafron se redressa et les toisa, si on peut dire, de toute sa hauteur. A peine dans la rue, nous aperçûmes la Guille et Bistèque qui, après avoir trouvé notre mot dans la caverne, arrivaient en courant. Ensemble, la bande remonta vers la Croix-Rousse où elle se sépara, soulagée.

Il était près de huit heures quand j'arrivai chez moi. Mon père était déjà rentré du travail. Il me lança un regard sévère qui voulait dire : « Tu es très en retard. Tidou, d'où peux-tu bien venir ? » Heureusement, cette question resta muette ; je n'eus pas à y répondre. Pourtant, à présent que nous avions tout raconté au commissaire, je pouvais parler. Je préférai attendre au lendemain, quand ce serait fini, quand notre vieil ami l'aveugle serait sauvé... Et puis, si maman m'avait su mêlé à cette étrange affaire, elle se serait fait tant de mauvais sang !

Le dîner terminé, je me retirai aussitôt dans ma chambre, avec Kafi... Cependant, impossible de m'endormir ! Etendu sous mes couvertures, je croyais entendre encore la voix cynique de l'homme au manteau gris. Une fois de plus je cherchai la raison qui le poussait à commettre un crime. Oui, il s'agissait du piano qui représentait une fortune, mais cette fortune, comment la disparition de l'aveugle lui aurait-elle permis de l'obtenir ?

Peu à peu, je ne sais pourquoi, une sorte de

frayeur me gagna. Il me sembla que l'homme, ce soir, aurait inventé une autre machination, qu'il viendrait plus tôt, le lendemain matin, que personne ne serait sur le quai pour protéger notre vieil ami.

Tout bas, j'appelai mon cher Kafi retrouvé. Mon bon chien s'approcha du lit et posa sa patte dans ma main. Avec lui j'écoutai les bruits qui montaient de la rue, des bruits plus nombreux, en ce soir de réveillon. Parfois je croyais entendre mes camarades m'appeler pour m'apprendre je ne sais quelle autre mauvaise nouvelle. C'étaient les cris joyeux de noctambules qui descendaient en ville fêter l'arrivée de l'an neuf. Ils avaient de la chance d'avoir le cœur gai!

Tout à coup me vint l'envie de me relever, de sortir en cachette, de courir à Fourvière prévenir l'aveugle. Non, le commissaire l'a recommandé. Ce que la police voulait, c'était de vraies preuves qui feraient prendre les coupables tous ensemble, sur le fait.

Minuit sonna à une église de la Croix-Rousse. Minuit! Au loin claquèrent des pétards lancés par des fêtards pour saluer la nouvelle année. Alors je pensai, le cœur serré : « Plus que quelques heures ; il faut que je m'endorme vite, très vite, si je veux être réveillé à temps. »

Chapitre 13

Au pont Saint-Vincent

Quand je m'éveillai, le jour n'était pas encore levé. Sept heures! Mon sommeil avait été court... et pourtant trop long, à cause des cauchemars qui l'avaient peuplé. J'entendis, dans la cuisine, mes parents déjà levés. Je m'habillai en hâte, et courus les embrasser.

« Bonne année, maman!... Bonne année, papa! »

Comment cacher mon émotion? Ma voix tremblait. Maman me serra dans ses bras.

« Bonne année, Tidou!... mais pourquoi sauter du lit si tôt? Les autres années, tu attendais que nous venions dans ta chambre.

— C'est que... nous avons promis à l'aveugle d'aller le voir.

— De si grand matin?

— Nous ne lui avons pas dit que son chien

était retrouvé. Nous attendions le 1er janvier pour lui faire cette bonne surprise. »

Oh! pourquoi commencer l'année par un mensonge? Mais, en apprenant la vérité, plus tard, maman me pardonnerait. Etait-ce d'ailleurs un mensonge, puisque, si tout se passait comme prévu, nous pourrions vraiment annoncer à M. Vauquelin que son compagnon était retrouvé?

Dès huit heures, mon petit déjeuner avalé (sans même penser à remercier maman pour les bons croissants chauds qu'elle était allée chercher exprès pour moi), je quittai la maison avec Kafi. Surprise! Un épais brouillard envahissait la rue de la Petite-Lune. Je descendis en courant vers la caverne. Quatre Compagnons étaient déjà là. A leur mine, je devinai qu'eux aussi avaient passé une drôle de nuit. Mady nous rejoignit presque aussitôt. Gnafron arriva bon dernier. Ce n'était pas sa faute. Hier, sa mère avait travaillé toute la journée à l'usine: elle s'était éveillée tard. Un matin comme le 1er janvier, il n'avait pas voulu s'en aller sans l'embrasser.

« Filons! dit Corget, il vaut mieux être en avance. »

Pas un chat dans les rues. Les Lyonnais avaient réveillonné; ils faisaient la grasse matinée. La ville était sombre, on avait l'impression que le jour ne se lèverait jamais. Sur les quais, les ampoules des lampadaires brillaient encore.

La veille, en revenant du commissariat, nous avions prévu notre cachette, derrière le parapet du quai, sur la corniche que forme l'épais mur de soutènement. Avec ce brouillard, nous ne risquions pas d'être découverts.

... Longeant les maisons comme des conspirateurs, nous arrivons à la hauteur du pont Saint-Vincent que nous traversons isolément pour plus de sécurité. Enjambant le parapet, nous nous laissons tomber sur la corniche, au-dessus du vide. Une fois accroupis, nos têtes ne dépassent pas le mur. Kafi a compris que nous attendons quelque chose. Au lieu de s'agiter, de vouloir gambader sur le quai, il se couche à côté de moi. A tour de rôle, nous nous redressons pour un rapide coup d'œil d'inspection. La circulation est encore très réduite : quelques voitures particulières seulement; pas de camions comme un jour ordinaire. L'homme chargé d'attendre l'aveugle n'est pas encore arrivé. Aucune trace de la police non plus. Qui pourrait croire à ce qui va se passer à cet endroit?

9 heures! Rien. Le brouillard ne se dissipe pas, au contraire. Les lampadaires demeurent allumés et les voitures circulent, lanternes éclairées. Le froid humide commence à nous pénétrer, déposant de fines gouttelettes sur nos vêtements. Kafi secoue sa fourrure.

9 heures et demie! Le froid et une sourde anxiété nous gagnent de plus en plus. La police sera-t-elle au rendez-vous?

Bistèque s'inquiète :

« Si le commissaire avait seulement fait semblant de vous croire?

— Non, répond Mady, tu n'étais pas dans son bureau, tu n'as pas vu son air décidé. »

9 heures 40! Alerte! Une auto sombre, noire

probablement, vient de s'arrêter le long du trottoir, à deux cents mètres du pont. A cause de cet épais brouillard, on la distingue mal. Cependant, à sa forme, Corget reconnaît une grosse voiture, probablement de marque étrangère. D'ailleurs personne n'en est descendu. C'est sûrement l'homme au manteau gris.

9 heures 50! L'attente devient de l'angoisse. Peu à peu les quais s'animent. Les voitures passent plus nombreuses, les piétons ont relevé le col de leurs manteaux pour se protéger du brouillard glacé. La voiture noire stationne toujours le long du trottoir. Elle a changé de place. Une autre s'étant rangée juste devant, le chauffeur a exécuté une manœuvre pour ne plus se trouver derrière et conserver ainsi une vue dégagée vers le pont.

10 heures! Gnafron, qui a risqué un œil à son tour, découvre deux personnages discutant sur le trottoir. Il reconnaît le Frisé et son complice. Mais la police? Corget essaie de nous rassurer.

« Ne vous tracassez pas; le commissaire a pris ses précautions. Les agents ne se montreront qu'au dernier moment. »

10 heures 10! Toujours rien. Les deux hommes arpentent le trottoir, sans prêter attention à la voiture qui stationne au même endroit. M. Vauquelin aurait-il décidé de ne pas sortir à cause du brouillard? Pourtant, le brouillard ne l'embarrasse guère, lui. Alors, le petit Tonin ne serait-il pas monté chez lui? Cependant, si le Frisé ne l'avait pas envoyé chez l'aveugle, il ne serait pas là, à attendre l'événement.

10 heures 15! A l'instant même où je me dresse à mon tour pour jeter un regard pardessus le parapet, le Frisé et son complice se séparent, après une vigoureuse poignée de main, comme des passants qui ont échangé leurs vœux. Sans doute viennent-ils d'apercevoir l'aveugle débouchant d'une petite rue. Oui, le voilà.

M. Vauquelin!

Les autres Compagnons se dressent, eux aussi. Malgré le brouillard, impossible de se tromper, c'est bien la silhouette de notre vieil ami. Il avance à petits pas serrés, plus pressés qu'à l'ordinaire. Pauvre homme! On vient de lui dire que son chien a été vu sur les quais, il se hâte pour le retrouver. Ainsi que l'a observé le Frisé, il suit fidèlement le trottoir avec l'intention de traverser la chaussée face au pont.

Plus que cent mètres à parcourir! plus que cinquante! Le Frisé s'est discrètement écarté pour assister de loin à l'accident. Son complice calcule ses pas de façon à rencontrer l'aveugle au moment précis où il se présentera devant le pont.

En vain, le cœur battant, nous cherchons le moindre indice qui nous assurerait que la police est bien là, prête à intervenir. Mes tempes bourdonnent; mon cœur bat si fort qu'il me fait mal. Près de moi, Mady tremble comme une feuille. Sans s'en rendre compte, elle me serre la main et y enfonce ses ongles.

Le complice du Frisé vient de rencontrer l'aveugle. Il lui parle et, en parlant, se penche pour apercevoir l'auto. Oh! où est donc la police? Notre angoisse est à son comble. Dire que nous sommes là, que nous pourrions bondir! Allons-nous assister, sans bouger, à un horrible drame?

Tout à coup, le chauffeur de l'auto noire fait un signe. Il va démarrer. L'homme prend alors l'aveugle par le bras. Je voudrais pouvoir fermer les yeux, ne pas voir ce qui va se passer. Oh! ces mortelles secondes d'attente! La police, vite, qu'elle arrive!...

L'homme et l'aveugle se sont engagés sur la chaussée, tandis que la voiture s'approche, en accélérant sa vitesse. Elle n'est plus qu'à trente mètres, qu'à vingt. L'accident est inévitable: rien ne pourra plus l'empêcher.

Mais soudain, alors que ni les uns ni les autres n'ont rien remarqué, un cycliste saute de sa machine; d'un coup de poing, il envoie l'homme rouler sur la chaussée et tire vivement l'aveugle en arrière. La voiture noire passe. Des coups de sifflet retentissent pour la sommer de stopper. Au lieu d'obéir, le chauffeur appuie sur l'accélérateur. Trois coups de feu claquent, tirés sur les roues de l'auto. Un pneu éclate, la voiture fait une embardée, zigzague dangereusement, frôle un lampadaire et vient heurter le parapet du quai contre lequel elle s'immobilise. Une portière s'ouvre. L'homme au manteau gris s'échappe, traverse en courant la chaussée et disparaît dans une petite rue.

La scène s'est déroulée en quelques secondes. Ensemble, nous avons bondi. Je me précipite vers l'aveugle, avec Mady. Le mouvement un peu brusque du policier cycliste l'a fait chanceler et tomber à terre. Heureusement, la chute n'est pas grave. Il se relève, frottant son manteau, se demandant ce qui vient d'arriver et que

signifie tout ce bruit. Quant à l'homme qui voulait le jeter sous la voiture, il est déjà entre de bonnes mains... et le Frisé, lui non plus, n'ira pas loin. Corget, la Guille et Bistèque se sont lancés à sa poursuite. Tandis que je ramasse la canne de l'aveugle, quelqu'un demande derrière moi :

« Ton chien ?... serait-il capable de retrouver une piste ? »

C'est le commissaire. D'où sort-il ? Personne ne l'avait vu, lui non plus. Je cours avec lui vers la voiture accidentée et j'invite Kafi à sentir.

« Flaire, Kafi ! flaire ! »

Dans sa précipitation, le marchand de pianos a abandonné chapeau, gants et écharpe de laine. Kafi a vite compris ; nous nous sommes souvent amusés à lui faire retrouver des pistes. A peine a-t-il senti les gants et l'écharpe qu'il redescend sur la chaussée, s'élance dans la petite rue où le fugitif a disparu. Je le suis en courant, avec trois agents débusqués d'on ne sait où. Une chasse à l'homme s'organise, vite terminée. Après avoir hésité deux ou trois fois, Kafi s'arrête devant la porte d'un couloir et aboie furieusement. Je me précipite pour ouvrir.

« Non, intervient un agent, pas toi, c'est dangereux ! »

Revolver au poing, il pénètre dans le couloir tandis que je retiens Kafi. L'homme est blotti là, sous une montée d'escalier.

« Haut les mains ! »

Se voyant pris, le misérable n'oppose aucune résistance et se laisse conduire à la fourgonnette de la police camouflée tout près de là dans une ruelle. Quelques instants plus tard, les autres agents et policiers nous rejoignent, avec mes camarades. Ils amènent le chiffonnier et son acolyte.

« Embarquez-moi le trio ! ordonne le commissaire.

— Au poste ? demande le chauffeur.

— Naturellement ! »

Puis, se reprenant, après une rapide réflexion :

« Non, à Sainte-Foy, s'il y a quelqu'un là-haut, il ne faut pas lui donner le temps de déguerpir... Nous y découvrirons sûrement des choses intéressantes. »

Et, se tournant vers nous :

« Accompagnez-nous, les petits gars,... votre ami l'aveugle aussi. »

Je cours à la recherche de M. Vauquelin sur le quai. Mady l'a fait entrer dans un petit café ; elle a commandé pour lui une boisson chaude qui le remettra de ses émotions. Pauvre M. Vauquelin ! il vient juste d'apprendre que son brave Briquet n'est pas mort : il en est tout chaviré.

Cinq minutes plus tard le fourgon noir de la police, plein à craquer, démarre et, après avoir suivi les quais à toute vitesse, attaque la rude montée de Sainte-Foy.

Chapitre 14

Tout s'explique

Désagréable surprise, en ce matin du 1er janvier, pour l'élégante Mme Marnier quand la voiture de la police s'arrête devant la villa aux tourelles. A-t-elle compris que son mari venait d'être pris ? Etait-elle au courant de son expédition ? Dans ce cas, elle cache bien son jeu.

« Ciel ! s'écrie-t-elle en accourant pour ouvrir la grille ; que s'est-il passé ? un accident ? On me ramène mon mari blessé ?

— Rassurez-vous, répond froidement le commissaire, il n'y a pas eu d'accident. Il devait bien s'en produire un, en effet, mais la victime n'aurait pas été votre mari.

— Je ne comprends pas !

— Vous comprendrez tout à l'heure. Laissez-nous entrer. »

Nous pénétrons dans le vestibule de la luxueuse villa et, de là, passons dans le salon où, la veille, nous avons vu s'allumer les lustres.

« Oh ! s'écrie encore Mme Marnier en regardant les menottes aux poignets de son mari, c'est une erreur! Ces messieurs n'ont certainement pas compris, tu...

— Suffit! coupe le commissaire. Vous parlerez quand je vous questionnerai.»

Les dents serrées, l'air furieux, l'homme au manteau gris ne jette même pas un coup d'œil vers sa femme. Il se contente d'épousseter, du revers de la main, les toiles d'araignée qui se sont accrochées au bas de son pardessus, sous la montée d'escalier. Le Frisé et son acolyte, eux, ont l'air complètement ahuris. Ils ne s'attendaient vraiment pas à se retrouver, de cette façon, dans la villa de leur «patron». Le commissaire fait aligner les trois prisonniers devant la cheminée de marbre, tandis que Mady aide l'aveugle à s'asseoir dans un fauteuil. Pauvre M. Vauquelin! Il vient à peine de comprendre qu'il a failli être victime d'un attentat. La pensée que l'homme qui lui a fait si peur est là, devant lui, le rend tout tremblant.

«Ah! soupire-t-il, m'avoir fait croire que mon chien était retrouvé! m'attirer dans un guet-apens!...»

Mais le commissaire s'avance vers l'homme au manteau gris avec l'intention de mener rondement l'interrogatoire.

«Vous avez voulu simuler un accident pour vous débarrasser de cet homme aveugle. Pourquoi vous gênait-il?»

L'accusé ne sourcille pas. De sa voix nasillarde et assurée, il répond en détournant la question.

«Je ne comprends pas ce qu'on me veut. Il n'y a pas eu d'accident.

— Vous ne vous êtes pas arrêté aux coups de sifflet de la police.

— Je n'ai aperçu ni agents ni gendarmes, j'ai cru à une plaisanterie de gamins.

— Et quand vous avez entendu les coups de feu tirés sur les pneus de votre voiture ?

— J'ai pensé qu'on m'attaquait. C'est pourquoi je me suis enfui. N'importe qui, à ma place, en aurait fait autant. Est-ce tout ce que vous avez à me reprocher ?

— Si un agent cycliste en civil n'était pas intervenu, vous écrasiez cet homme. Depuis plus d'une heure, vous stationniez à deux cents mètres du pont, attendant le moment propice.

— Je m'étais arrêté pour attendre quelqu'un avec qui j'avais rendez-vous, et la personne n'est pas venue. D'ailleurs, pourquoi aurais-je voulu supprimer cet homme ? Je ne le connais pas.

— Mais lui pourrait peut-être dire qu'il vous connaît ?

— Certainement, affirme M. Vauquelin, c'est lui, je distinguerais sa voix entre mille. Vous pouvez lui demander quelles cigarettes il fume : des cigarettes de tabac blond, sans aucun doute. »

Invité à vider ses poches, l'homme sort un paquet de cigarettes américaines qu'il jette, d'un air méprisant, sur un guéridon du salon.

« Qu'est-ce que cela prouve ? fait-il. D'autres que moi fument du tabac étranger. Cet homme se trompe. Où l'aurais-je rencontré ?

— Chez moi, répond vivement l'aveugle, vous êtes venu chez moi à plusieurs reprises, essayer de m'acheter mon piano. »

L'accusé ne répond pas immédiatement. Il réfléchit, et, changeant de tactique :

« Après tout, c'est possible. Un homme d'affaires s'occupe de beaucoup de choses, il m'est arrivé, en effet, d'acheter ou de vendre des pianos. Si je suis allé chez cet homme, je ne vois pas le rapport avec un prétendu attentat.

— Il y en a pourtant un, reprend le commissaire.

— Lequel ?

— C'est ce que nous voulons savoir.

— C'est insensé ! Qui a pu faire croire à cette stupidité ?

— Ces garçons... et nous les avons crus. »

L'homme nous regarde en faisant la moue.

« Je ne les connais pas, eux non plus. La police écouterait-elle les racontars de gamins ?

— Hier soir, ils ont entendu certaine discussion que vous avez eue avec un complice, celui-ci. Ils étaient embusqués derrière la villa. Cela s'est passé vers six heures, dans votre bureau. »

Le misérable nous jette un regard mauvais, tandis que le Frisé et son acolyte baissent la tête.

« Si vous avez la mémoire courte, reprend le commissaire, deux de ces garçons peuvent vous rappeler, mot pour mot, ce qui a été dit. »

Cette fois, l'homme perd un peu contenance. Changeant de nouveau de tactique, il préfère se taire. Alors, le commissaire se tourne vers le Frisé.

« Et vous, votre rôle dans cette affaire ? »

Le Frisé l'a senti, la police sait beaucoup de choses et le commissaire est trop fort pour lui. Il juge prudent de faire l'ignorant.

« Je ne sais rien, je me promenais sur les quais

quand on m'a arrêté, je n'ai pas compris pourquoi. »

Je ne peux retenir un cri d'indignation.

« Et le chien de l'aveugle, et mon chien ! qui les a enlevés ? »

Il hésite un instant, puis, pensant sans doute qu'enlever des chiens n'est pas un grand crime, il bredouille :

« Ils... ils rôdaient souvent dans la cour, ça m'agaçait. Je m'en suis débarrassé.

— Et la rampe, au dernier étage de l'immeuble, qui l'a sciée ?

— La rampe ?... je ne sais pas. »

Evidemment, ce serait trop beau s'il avouait. Il sait qu'il n'y a pas eu de témoin.

Le commissaire commence à s'énerver. Il se tourne vers le troisième homme. Lui non plus, bien entendu, ne sait pas pourquoi il se trouve là. Il n'est pas venu à Sainte-Foy hier soir. Tout à l'heure, il passait sur le quai, tranquillement, quand il a vu un aveugle en difficulté ; obligeamment, il l'a aidé à traverser la chaussée. Il admet habiter dans la rue de l'Ancien-Chenal, mais nie avoir rencontré le Frisé dans la camionnette jaune.

« Je ne comprends pas, monsieur le commissaire, fait-il en écartant les bras ; ces gamins vous ont raconté des histoires. »

Nous bouillons d'indignation. Du geste, le commissaire nous invite au silence.

« Et vous ? demande-t-il à l'élégante Mme Marnier, qu'avez-vous à dire ?

— Rien, fait-elle tranquillement,... sinon que vous faites erreur. »

Un pénible silence pèse dans le salon. La

police va-t-elle croire ces gens-là? s'imaginer que nous nous sommes monté la tête?

Le commissaire marche de long en large dans la pièce en se grattant le front. Brusquement, il se tourne vers les inspecteurs et les agents, le doigt tendu vers la porte :

«Fouillez la maison. Le bureau d'abord, les autres pièces ensuite, de la cave au grenier.

— Oh! proteste Mme Marnier, vous n'avez pas le droit!...

— Taisez-vous!»

Pendant ce temps, continuant d'arpenter le salon, il poursuit son interrogatoire, l'air de plus en plus sombre. Comment découvrir le motif de l'agression contre l'aveugle? Voyons! à qui aurait pu profiter la disparition de notre vieil ami? Le piano est-il réellement l'enjeu convoité? Ce piano a une grande valeur; cependant, l'aveugle disparu, comment ces gangsters auraient-ils pu se l'approprier? Le déménager en cachette aurait été pratiquement impossible; un meuble si encombrant!

Sur ce sujet, bien entendu, les accusés restent muets. Mais les agents reviennent; ils ont visité toutes les pièces, fouillé tous les tiroirs, en particulier ceux du bureau, et n'ont rien trouvé d'intéressant. Reste le salon où nous sommes.

«Ah! non, proteste avec plus de colère Mme Marnier, cette pièce est la mienne, je vous défends!»

Pour manifester son indignation, elle s'appuie au mur et, bras croisés, défie les agents du regard.

«Je regrette», dit sèchement le commissaire.

Et se tournant vers les agents :

« Faites votre travail. »

En quelques instants, le beau salon est sens dessus dessous. Kafi me regarde d'un air de dire : « Est-ce que tout le monde perd la tête ? » Toujours bras croisés, à la même place, la femme a cependant perdu de son assurance. Le commissaire vient de lire, dans son regard, une soudaine inquiétude. Il s'approche d'elle vivement.

« Ecartez-vous ! »

Elle refuse de bouger. Le commissaire fait signe à deux agents de la saisir par le bras et de l'éloigner. Il examine alors le mur, à l'endroit où elle le cachait, soulève un tableau au cadre doré représentant une vue de Lyon et le décroche. Puis il passe la main sur la tapisserie, une tapisserie à grands ramages gris et jaunes. Soudain, il se tourne vers la femme et lance : « Ah ! je comprends pourquoi vous vous étiez placée là, contre ce mur. »

D'un geste brusque, il soulève un pan de la tapisserie et découvre une sorte de niche d'où il sort un petit coffret de bois.

L'homme au manteau gris et sa femme sont devenus livides. Au milieu d'un silence impressionnant, le commissaire dépose la boîte sur un guéridon et l'ouvre. Elle ne contient pas d'argent, mais des papiers, qu'il examine l'un après l'autre. De temps à autre, nous le voyons hocher la tête, l'air soulagé.

« Enfin ! s'écrie-t-il, nous nous demandions où était la clef de l'énigme, la voici. Il ne nous manquait que cette preuve. »

Il brandit une lettre, et, se tournant vers nous, lit tout haut :

« Je, soussignée, Geneviève Vauquelin, demeurant à Lyon, montée Saint-Barthélemy, déclare, au cas où je survivrais à mon frère, Antoine Vauquelin, renoncer à hériter du piano lui appartenant. Je déclare faire don de ce piano à M. Charles Marnier, demeurant rue de la Dragonne, à Sainte-Foy-lès-Lyon, en reconnaissance des grands services rendus à mon frère.

Lyon, le 23 juillet 19.. »

La lecture de la lettre à peine achevée, notre vieil ami, devenu très pâle, se lève, tremblant.

« Cette lettre est un faux ! s'écrie-t-il. Ni ma sœur ni moi ne connaissions cet homme. J'ai encore sur moi une lettre de ma sœur, comparez les écritures. »

Il tend son portefeuille à Mady qui le donne au commissaire. Celui-ci en extrait une lettre signée Geneviève. Un silence impressionnant emplit la pièce ; on entendrait voler une mouche. Un des inspecteurs, qui s'est penché sur l'épaule du commissaire pour regarder la lettre, hoche la tête :

« Si, murmure-t-il, les deux écritures sont identiques, elles sont de la même main et la signature également.

— Oh ! ce n'est pas possible ! pas possible ! répète notre vieil ami en se laissant retomber dans le fauteuil... Ou alors, ma sœur a été victime d'une odieuse machination. »

Il se prend la tête dans les mains et réfléchit intensément.

« La date ? redemande-t-il. A quelle date avez-vous dit que cette lettre a été écrite ?

— Le 23 juillet dernier!»

Il la répète tout bas, comme si elle avait une grande importance, puis, brusquement, s'écrie :

«Ah! je crois comprendre! Oui, j'en suis sûr. Pauvre chère sœur! Elle a fait cela pour me sauver. En juillet dernier, j'ai été très gravement malade. Afin de me voir mieux soigné, ma sœur a refusé qu'on m'emmène à l'hôpital; elle m'a fait entrer dans une clinique privée. Je ne voulais pas, je nous savais à court d'argent. Elle m'a alors expliqué qu'en cachette elle avait fait quelques économies. Des économies! non, nous n'en avions pas, mais j'étais si malade que je l'ai crue. Je suis certain, à présent, que cet homme lui a proposé un odieux marché. Me sachant en danger de mort, il lui a avancé de l'argent, en lui faisant écrire et signer ce papier.»

Les sanglots qui secouent sa belle chevelure blanche l'obligent à s'interrompre. Le commissaire se tourne alors vers le soi-disant homme d'affaires :

«Je pense que vous n'aurez plus l'audace de nier. D'ailleurs, cet autre papier, lui aussi, est une preuve. Vous aviez proposé au gouvernement de son ancienne patrie le piano du célèbre Franz Liszt; par cette lettre, ce gouvernement vous en offrait une somme énorme, presque une fortune. Furieux de voir que la maladie n'avait pas terrassé cet homme, et en possession d'une lettre de sa sœur qui valait un testament, vous avez froidement décidé de le faire disparaître.»

Cette fois, les quatre accusés ont perdu toute arrogance. Atterrés, ils n'osent plus nous regarder en face. Le commissaire continue de harceler l'homme au manteau gris; il tient à tout éclaircir.

« Vous avez entendu ce que vient de déclarer cet aveugle, comment avez-vous appris l'existence de ce piano d'une valeur exceptionnelle? Répondez! »

L'accusé hésite : cependant, tôt ou tard, il sera bien obligé de parler. D'une voix terne, sans lever la tête, il raconte avoir rencontré la sœur de l'aveugle chez un usurier, à qui elle s'était adressée pour obtenir de l'argent. Pourtant, afin de ne pas donner en gage le piano de son frère, le seul objet de valeur qu'ils possédaient, elle était repartie les mains vides. Alors l'homme au manteau gris s'était arrangé pour la rencontrer seule, le jour suivant, et il lui avait proposé cet arrangement qu'elle s'était empressée d'accepter puisque le piano serait enlevé seulement au cas où son frère viendrait à disparaître.

« Un arrangement d'apparence honnête, mais qui devait vite vous rapporter gros, dit le commissaire, puisque cet homme avait peu de chances de s'en remettre. Quelle somme aviez-vous avancée?

— Une grosse somme!

— Combien exactement?

— Je ne me souviens plus, une grosse somme.

— Oh! proteste M. Vauquelin, certainement pas! J'ai eu la chance, contre toute espérance, de guérir rapidement; je ne suis resté que quelques jours en clinique. Cela n'a pas empêché ma sœur de contracter une dette qu'elle m'a avouée avant de mourir, une dette que je n'ai pas encore achevé de payer. »

Le commissaire pose encore quelques questions auxquelles les trois hommes et la femme répondent de la même voix neutre. Cependant, il en est une que le commissaire a oubliée, une question qui, bien sûr, n'a pas grande importance pour lui, mais en a beaucoup pour nous, puisqu'elle concerne Kafi. Pourquoi mon chien, qui avait été vendu au chenil de Fourvière, s'est-il retrouvé à Sainte-Foy, précisément chez celui qui l'avait fait enlever? La réponse, c'est la femme qui nous la donne. Craignant que Kafi ne soit vendu à quelque habitant du quartier Saint-Barthélemy, son mari avait préféré le racheter pour le garder chez lui. Précaution inutile, puisque Kafi avait trouvé moyen de leur fausser compagnie.

« Oui, fait-elle entre les dents, ces sales chiens sont la cause de tout. »

Et elle lance vers Kafi un regard haineux que notre brave compagnon lui rend bien.

Cette fois, le commissaire en sait assez; nous aussi. Il fait signe aux agents.

« Embarquez-moi ce joli monde... et vous, mes enfants, accompagnez-nous encore une fois, nous vous déposerons en passant, montée Saint-Barthélemy, avec M. Vauquelin. »

Menottes aux poignets, les quatre sinistres personnages foulent une dernière fois les tapis du salon, des tapis achetés avec Dieu sait quel argent!

Mady guide vers le vestibule notre vieil ami qui, bouleversé, murmure :

« Ah! mes enfants, je vous devais beaucoup, je vous dois tout à présent.

— Bah! ne parlez pas de cela, répond Mady.

Pensez plutôt à Briquet qui vous attend chez moi et que vous allez retrouver. »

Tandis que nous traversons le jardinet pour gagner la voiture de la police, se présente un petit apprenti pâtissier, en tablier et toque blancs, portant un gâteau, et qui reste bouche bée devant ce déménagement.

« Tu peux remporter ta bavaroise au kirsch, lance Gnafron en riant, ces messieurs-dames sont invités à déjeuner en ville!... »

Épilogue

Trois mois déjà!... mais l'affaire du pont Saint-Vincent, comme l'avaient appelée les journaux, avait fait tant de bruit dans Lyon qu'on en parlait encore. Toute la presse de la région l'avait relatée sur plusieurs colonnes. Les Compagnons de la Croix-Rousse avaient dû poser devant les photographes avec Briquet et Kafi, devenus eux aussi d'inséparables compagnons.

Pour les gangsters, les journalistes n'avaient pas trouvé de mots assez durs. D'ailleurs, dès le lendemain de son arrestation, la police avait découvert que, sous ce nom de Marnier (qui n'était pas le sien), se cachait le dangereux chef d'une bande qui étendait ses ramifications très loin dans la région.

Ce beau monde n'était pas encore passé en justice; il attendait toujours; sous les verrous. Peu nous importait ce qu'il deviendrait.

Seul comptait pour nous le soulagement de notre vieil ami, enfin délivré de cette terrible peur dont nous étions prêts à nous moquer, au début, mais justifiée, ô combien!

Oui, tout est bien qui finit bien, car, en parlant de M. Vauquelin, l'accordeur de pianos aveugle, la presse avait déclenché à travers la ville un élan de sympathie envers notre vieil ami. Il avait reçu des lettres, de nombreuses lettres qu'avec Mady nous lui avions lues. Des gens s'étaient offerts à l'aider. Trop fier, malgré sa pauvreté, M. Vauquelin n'avait rien accepté.

Pourtant si, il n'avait pas repoussé l'une de ces offres, celle d'une chambre qu'on lui proposait, pour un loyer modique, dans le quartier des Terreaux.

Bien sûr, quitter l'endroit où il avait vécu tant d'années avec sa sœur avait été un arrachement, mais la pensée d'avoir à traverser et retraverser la cour du vieil immeuble lui était devenue intolérable.

Cependant, il ne s'était décidé qu'à une condition, celle de ne pas abandonner la bonne Mme Lazergue dans cette maison peuplée de visages inquiétants. Or, par un hasard presque miraculeux, il s'était trouvé qu'une autre âme charitable proposait à celle-ci un minuscule appartement à deux pas de celui qu'il allait occuper ; situé au rez-de-chaussée, cet appartement conviendrait parfaitement à Mme Lazergue qui n'aurait plus à monter péniblement quatre étages.

Ainsi, par un jour froid et ensoleillé de janvier, le beau piano de Franz Liszt avait quitté la montée Saint-Barthélemy pour occuper en maître une chambre du quartier des Terreaux, de l'autre côté de la Saône. A lui seul, il tenait presque toute la place. Qu'importe? puisque pour notre ami la musique était sa raison de vivre.

... Ainsi, trois mois ont passé. Peu à peu, M. Vauquelin a repris ses habitudes. Son cher Briquet retrouvé, la confiance est revenue. Il se hasarde de nouveau à circuler dans Lyon. Mais ce n'est pas tout. Aujourd'hui, ce soir même, doit avoir lieu un merveilleux événement, grâce à Mady.

Oui, depuis plusieurs jours, on peut voir sur les murs de la ville de grandes affiches annonçant pour ce soir, au grand théâtre, un récital donné par un pianiste aveugle, M. Vauquelin.

C'est Mady qui a eu cette merveilleuse idée et nous l'avons approuvée, enthousiasmés. Depuis longtemps, elle s'appliquait à copier la musique que composait l'aveugle et qu'il lui dictait. Elle avait passé des heures et des heures, penchée sur des portées, à écrire les notes et signes qu'il lui indiquait. Quel travail! Mais Mady était opiniâtre.

Naturellement, M. Vauquelin ne se doutait de rien ; il s'étonnait seulement de son acharnement.

« Pourquoi te donner tant de mal, Mady, répétait-il, pour de la musique qui ne sera jamais connue de personne ? »

Une fois ce grand travail terminé, elle était venue nous trouver. Un jour, tous ensemble, armés d'audace, nous étions allés frapper à une porte,... celle du directeur de l'Opéra de Lyon, ni plus ni moins.

Comme il fallait s'y attendre, la secrétaire nous avait plutôt fraîchement reçus. Nous avions tant insisté que, pour se débarrasser plus sûrement de nous, elle avait prévenu ce grand personnage qu'est le directeur de l'Opéra de Lyon. Celui-ci avait consenti à nous ouvrir sa porte, pour quelques instants, car quelqu'un l'attendait, disait-il.

« Ah ! oui, avait-il fait, l'aveugle du pont Saint-Vincent ! Je me souviens, un brave homme, certainement, mais vous savez, mes enfants, un accordeur de pianos n'est pas forcément un artiste... et je ne connais rien de sa musique.

— La voici », avait répondu Mady en tendant les feuilles.

Il avait accepté d'y jeter un coup d'œil rapide et nous avions vu ses lèvres faire la moue. Cette musique était, paraît-il, horriblement mal écrite, à peine lisible. Mady avait rougi en s'excusant de ses maladresses. Le directeur, touché par nos airs consternés, s'était tout de même décidé à nous faire entrer dans la salle de répétition où trônait un piano. Il avait posé une feuille sur le pupitre et s'était mis à jouer. Après quelques mesures, nous avions vu son visage se transformer.

Il avait déchiffré le premier morceau, trébuchant parfois sur des notes mal écrites, mais jusqu'au bout.

Il en avait alors posé un autre sur le pupitre, puis un troisième. La dernière note envolée il avait pivoté sur son tabouret et pris les mains de Mady en disant :

« Extraordinaire. Dites à cet aveugle de venir me voir. »

Et c'est ainsi que le concert doit avoir lieu ce soir. Presque toutes les places de l'Opéra ont été louées. Bien sûr, des gens viendront simplement par curiosité, pour voir cet aveugle dont on a beaucoup parlé dans les journaux, mais nous avons confiance, ils ne seront pas déçus. Nous ne connaissons pas grand-chose à la musique ; cependant, nous sentons que M. Vauquelin est un vrai musicien. Qui sait ? peut-être un grand musicien dont on parlera plus tard. Pour nous, en tout cas, cette soirée sera inoubliable.

« Vite ! papa, maman, apprêtez-vous ! »

Car nos parents ont été invités. Les miens, comme ceux du Tondu et de la Guille, ont un peu hésité, à cause des frais ; ils n'ont pu renoncer à partager notre joie et se sont décidés. Même la mère de Gnafron sera là, après sa journée de travail à l'usine.

Mon père et surtout maman sont très intimidés. C'est la première fois qu'ils vont à l'Opéra, la plus belle salle de spectacle de Lyon. Maman s'est fait une nouvelle robe et papa en a profité pour acheter le complet dont il avait besoin.

Pour cette circonstance exceptionnelle, maman consent à laisser mon petit frère Géo seul. Une voisine a promis de venir le voir plusieurs fois dans la soirée. D'ailleurs, il ne sera pas tout à fait seul, Kafi veillera sur lui. Pauvre Kafi ! il se demande où nous pouvons partir, ainsi endimanchés, en l'abandonnant. Comment lui faire comprendre que les chiens ne sont pas admis à l'Opéra ?

Dès huit heures, nous nous retrouvons chez M. Vauquelin. Il est magnifique dans l'habit noir de cérémonie, loué pour cette occasion.

Avec sa belle chevelure blanche et bouffante, il a grande allure, une allure d'artiste.

« Ah ! s'il pouvait se voir dans une glace ! » murmure Mady.

Mme Lazergue s'affaire à rajuster son plastron et sa cravate blanche.

« Jouer en public ! soupire M. Vauquelin. Jamais je n'ai été aussi ému. J'ai peur de rester paralysé devant le piano. Ah ! mes petits amis, que ne me faites-vous pas faire ? »

Nous l'accompagnons, à pied, puisque le théâtre est très proche. On dirait que, pour lui, pour nous, les lampadaires de la place brillent davantage. La ville a un petit air de fête. Au moment de pénétrer dans la salle, une bouffée de gêne et de plaisir me monte au visage. Que de monde ! Du parterre aux dernières galeries les fauteuils sont occupés.

Un grand piano à queue, semblable à celui de l'aveugle, occupe le milieu de la scène, point de mire des regards. C'est Mady qui doit jouer le rôle de guide et conduire M. Vauquelin à son instrument.

Pour cet extraordinaire événement, sa mère n'a pas osé, comme d'ordinaire, lui confectionner elle-même une robe. Elle s'est adressée à une couturière qui a fait merveille.

Installés au premier rang, nous attendons, un peu anxieux malgré tout. Oh ! cette attente ! qu'elle paraît longue ! Soudain, des murmures dans la salle ! M. Vauquelin apparaît, conduit par Mady, très émue mais souriante, qui le guide vers le piano sous le feu des projecteurs. Une immense ovation emplit le théâtre. Le moment est trop émouvant, je ne peux retenir une larme. Dans quelques instants, j'en suis sûr, ce sera le succès, la merveilleuse revanche de notre cher vieil ami sur la nuit où depuis toujours son regard demeure plongé, sur cette terrible nuit qui, le 1er janvier, alors que toute la ville échangeait des vœux de bonheur, a failli lui coûter la vie...

Table

IMPRIMÉ EN FRANCE PAR BRODARD ET TAUPIN
Usine de La Flèche, 72200.
Dépôt légal Imp : 6852I-5 – Edit : 9740.
20-07-8076-05-0 – ISBN : 2-01-015571-8.
Loi nº 49-956 du 16 juillet 1949 sur les publications destinées à la jeunesse.
Dépôt : mars 1994.